Für Christina Kastning,
die mir zeigte, wie wegweisend
Wanderungen sein können.

Erste Auflage 2019

Oststraße 40–44, 04317 Leipzig, www.av.de
Covergestaltung: Auerbach Verlag
Buchsatz und Gestaltung: Auerbach Verlag
Covermotiv: © Artlana – Fotolia.com, © Artur – Fotolia.com,
© Kateina – Fotolia.com, © pingebat – Fotolia.com
Illustrationen im Buch: Seite 7 © teploleta – Fotolia.com, Seite 36 © Hein Nouwens – Fotolia.com,
Seite 42 © mashakotcur – Fotolia.com, Seite 50 © pingebat – Fotolia.com, Seite 57 © Maria.Epine – Fotolia.com,
Seite 63 © roma79 – Fotolia.com, Seite 69 © typau – Fotolia.com, Seite 76 © Andrii_Oliinyk – Fotolia.com,
Seite 83 © Alexandr Bakanov – Fotolia.com, Seite 88 © Alexandr Bakanov – Fotolia.com, © asmakar – Fotolia.com
Kapitelverzierungen Gizele – Fotolia.com
Druck und Bindung: CPI Books GmbH, Leck
ISBN 978-3-948537-00-5

Die wunderliche Wanderung der Elli Schmitt

Tania Konnerth

Auerbach Verlag

Inhalt

Es beginnt mit einem Scherz, der irgendwie keiner ist

Der Besuch bei der Wahrsagerin war eigentlich nur ein Gag gewesen, aber als ich wieder aus der kleinen Holzbude trat, war mir überhaupt nicht zum Lachen zumute. Judith, Merle und ich waren an unserem Mädelstag zum Straßenfest gegangen. Das war leider nicht so unterhaltsam gewesen, wie wir uns das erhofft hatten, denn es gab fast nur Fressbuden und es war viel zu voll. Dann entdeckten wir etwas abseits einen wunderschön aufgemachten Bauwagen. Er war bunt bemalt und mit ebenso bunten Tüchern behangen. Windspiele trugen ihre zarten Töne selbst durch den Lärm der lachenden und plaudernden Festbesucher und ein exotisches Duftgemisch aus Räucherstäbchen und ätherischen Ölen griff wie eine Hand nachdrücklich nach uns und zog uns zu dem Wagen hin. Wir gingen also näher heran und lasen auf dem handgeschriebenen Holzschild:

»Was ist das denn für ein Name?«, fragte ich. »Der sieht ja aus, als seien alle Buchstaben durcheinandergeraten. Alinaleilara, so heißt doch niemand wirklich …« Aber Judith und Merle interessierten sich nicht für den Namen, sondern für das Angebot.

»Hey, lass uns das machen, ja? Sie soll uns die Zukunft vorhersagen«, schlug Merle vor.

»Au ja!«, rief Judith. *Ach nö,* dachte ich. Die beiden merkten natürlich, wie wenig begeistert ich von der Idee war, und als ich sagte, dass sie gerne reingehen könnten, ich aber verzichten würde, zogen sie mich auf, von wegen dass ich Angst vor der Wahrheit hätte und dass das doch nur ein Spaß sei und überhaupt. Und sie gingen tatsächlich beide nacheinander zu Alinaleilara hinein. Eine Spielverderberin wollte ich nun auch nicht sein. Aber wenn ich ehrlich war, graute es mir vor der Vorstellung, meine Zukunft vorhergesagt zu bekommen.

Vielleicht sollte ich kurz etwas zu meiner Person sagen. Mein Name ist Elena Schmitt, aber fast jeder nennt mich Elli. Der Name Elena kam von meiner Mutter, die ihre russischstämmige Herkunft gerne in mir weiterleben lassen wollte. Und der Name Elena entsprach hundertprozentig ihr: ernsthaft, aufrecht und kühl. Eigentlich hätte sie so heißen sollen, und nicht ich. Aber ich trug diesen Namen und wie das mit Namen so ist, ein bisschen prägen sie einen durchaus. Der Elena-Teil in mir war der pflichtbewusste und vernünftige Teil, der große Bereiche meines Lebens steuerte. Elena war immer gut in der Schule gewesen, hatte ihr Studium schnell durchgezogen und erfolgreich abgeschlossen, arbeitete erfolgreich als Journalistin und Elena war seit vielen Jahren mit Andi zusammen, von dem alle sagten, dass er bestens zu ihr passte. Elli war die Ausgehversion von Elena – netter, fröhlicher und auch witziger, wenngleich beim Humor durchaus auch Elena immer wieder mit ihrem Zynismus durchkam. So wie auch jetzt, wo es darum ging, eine Wahrsagerin zu befragen.

»Meine Mutter würde mich einweisen lassen, wenn sie das sehen würde«, sagte ich, bevor ich den Bauwagen betrat, und das war nicht mal übertrieben. Als ich wieder herauskam, schauten mich Merle und Judith erwartungsvoll an. Ich rang mich zu einem Grinsen durch und sagte: »Freut euch, Mädels, ich gewinne eine Million im Lotto«, womit ich das erhoffte Lachen der beiden erntete, denn ich hatte in meinem ganzen Leben noch nicht ein einziges Mal Lotto gespielt. Nie würde ich auch nur einen Cent für ein Glücksspiel ausgeben, das ist bei mir ein Prinzip und jeder, der mich kannte, wusste das.

»Und jetzt hab ich Hunger!«, sagte ich. »Aber da ich noch keine Millionärin bin, muss Pizza reichen.« Wir hakten uns beieinander unter und machten uns auf die Suche nach einem Italiener.

Die Prophezeiungen der Wahrsagerin waren natürlich das Hauptthema beim Essen und ich war sehr froh, dass Judith und Merle so viel von dem erzählten, was ihnen die Wahrsagerin gesagt hatte, denn das ermöglichte mir, mich zurückzuhalten.

»Ich fand es schon ziemlich unheimlich, als sie meine Hand hielt, mir direkt in die Augen sah und zu mir sagte, dass ich besser auf meinen Körper achten solle, er sei nicht so unverwundbar, wie ich glaube. Da hat sie mich natürlich voll erwischt, wirklich gut sorgen tue ich ja nicht für mich …«, räumte Judith ein und biss herzhaft von ihrer Pizza mit doppeltem Käse ab.

»Na ja, aber das kann man doch zu jedem sagen, oder?« Ich wollte gar nicht so zickig klingen, wie der Satz herauskam. »Ich meine, klar ist es gut, wenn du besser auf dich aufpasst, aber eigentlich sollten wir doch alle etwas besser zu uns selbst sein. Wir hätten zum Beispiel auch Salat statt Pizza bestellen können.« Wir guckten alle drei betont schuldbewusst, um dann in ein Prusten auszubrechen.

»Ja, aber dann hätten wir viel weniger Spaß gehabt!«, rief Merle.

»Stimmt«, sagte ich und biss in mein Pizzastück.

»Mir hat sie dafür einen wichtigen beruflichen Wechsel vorhergesagt«, berichtete Merle. »Das freut mich natürlich, denn ich hoffe ja schon lange, dass ich endlich da wegkann.«

»Na, aber ganz von allein wird das wohl nicht passieren«, sagte ich und klang wieder viel zickiger, als ich es wollte. »Aber vielleicht ist das ja genau der Schub, den du brauchtest!«, setzte ich nach.

»Warum bist du eigentlich so fies?«, fragte mich Merle.

»Ich bin nicht fies, ich denke nur, dass die alte Dame raffiniert ist und genau weiß, was sie sagen muss, damit man sich verstanden fühlt. Ich halte einfach nicht viel von diesem ganzen Hokuspokus, tut mir leid.«

»Wieso *alte Dame*? So alt war sie ja nun wirklich nicht!«

»Wie …, nicht alt?«

»Na ja, ein bisschen älter als wir, aber deshalb ist sie ja noch keine alte Frau.«

Ich schluckte herunter, was ich hatte sagen wollen, denn ich hatte das runzelige Gesichtchen der zierlichen, aber unglaublich zäh wirkenden Greisin genau vor mir. Auch wenn ihre Augen vom Ausdruck her noch so wach gewirkt hatten wie die eines jungen Mädchens, so hatte das Alter sie bereits zu einem fahlen Blau ausgewaschen. Sie war definitiv so alt gewesen, dass es mir schwergefallen war, sie überhaupt zu schätzen. Hätte man mir gesagt, dass sie 120 wäre, hätte ich das sofort geglaubt. Umso mehr verwunderte mich nun Merles Beschreibung der Frau: Mitte vierzig, höchstens fünfzig, langes rotblondes Haar, das zu einem lockeren Zopf geflochten war. Große, dunkle Augen, helle, samtige Haut und volle Lippen, schmale Hände mit langen Fingern und einigen wunderschönen Ringen und Armreifen. Merle wirkte fast verliebt, während sie die Wahrsagerin beschrieb.

Wie seltsam, dachte ich bei mir. Die Greisin hatte keinen Schmuck getragen und ihre Haare waren schlohweiß gewesen. Stattdessen hatte sie einige Gesichtstattoos gehabt. Ob da zwei Frauen in der Bude gewesen waren? Aber hätte ich die andere dann nicht sehen müssen? Es war schließlich nur ein kleiner Raum gewesen. Wie hatten die beiden den Wechsel hinbekommen, ohne dass ich es gemerkt hatte? Die alte Frau, die mir gegenübergesessen hatte, war zwar sicher noch fit genug gewesen, sich schnell zu bewegen, aber der Zeitraum zwischen Merles Verlassen der Bude und meinem Hineinklettern war extrem kurz gewesen.

»Na, ich fand ihre Haare eher braun und ihre Augen waren grün«, riss mich Judith aus meinen Gedanken. »Und was hat sie nun wirklich zu dir gesagt, Elli?« Beide schauten mich wieder erwartungsvoll an. »Das mit dem Lottogewinn glaubt dir doch keiner.«

»Doch, genau das hat sie mir vorhergesagt, vorausgesetzt, ich kaufe mir auch einen Lottoschein, natürlich …«, lachte ich, aber die beiden sahen noch nicht wirklich zufrieden aus. »Okay, okay. Sie hat was von einer Reise erzählt, die ich machen werde.« Das war zumindest nicht gelogen, wenn auch nicht die ganze Wahrheit.

»Na, das ist ja nichts wirklich Neues, du bist doch ständig unterwegs.« Merle schaute enttäuscht. »Das war alles?«

»Ja, das war alles. Eine wichtige Reise, sagte sie. Aber hey, das lief genau so, wie ich es immer vermutet hatte. Solche Wahrsagerinnen«, dabei malte ich mit meinen Fingern zwei Anführungszeichen in die Luft, »sagen immer nur das, was nahe liegend ist oder was die Leute hören wollen. Überlegt doch mal: Wer sollte nicht auf seine Gesundheit achten? Wie viele Leute wünschen sich berufliche Veränderungen? Und wer macht nicht hin und wieder eine Reise? Na, wenn ich mal einen neuen Job brauche, werde ich auch

Wahrsagerin, das scheint nicht so schwer zu sein.«

»Okay, dann machen wir das aber zu dritt.«

»Ja, genau, wir kündigen einfach alle unsere Jobs, kaufen uns einen Bauwagen und tingeln als Wahrsagerinnen durchs Land!«

»Und wir nennen uns Merlelenajudith!«

»Na, wenn das nicht eine tolle Zukunftsvision ist!« Wir lachten und alberten noch ein Weilchen über unsere Zukunft als wahrsagendes Trio herum. Dann verabredeten wir uns für nächste Woche und fuhren heim.

Eine unruhige Nacht

Als ich abends im Bett lag, ging ich noch einmal in Gedanken durch, was die alte Frau zu mir gesagt hatte, denn ich hatte meinen Freundinnen nicht alles erzählt. Warum ich die eigentliche Botschaft für mich behalten hatte, konnte ich nicht sagen.

Die Wahrsagerin hatte tatsächlich zu mir gesagt, dass ich eine Reise machen würde, eine ganz besondere Reise. Ich würde sie nicht ganz freiwillig antreten, aber, hatte sie gekichert, wer mache das schon, nicht wahr? Und sie hatte hinzugefügt, dass es bei dieser Reise vor allem um mich gehen würde, darum, mich selbst zu finden. Das war wieder genau so ein Beispiel dafür, dass man, um so etwas vorherzusagen, nicht gerade eine Wahrsagerin sein muss, schließlich traf das ja mehr oder weniger auf jeden von uns zu, mindestens metaphorisch, wenn nicht auch real. Die Reise als Symbol für den Lebensweg war doch ein alter Hut, kaum ein Lebenshilfe-Ratgeber, der nicht darauf zurückgreift.

»Na, dann hoffe ich mal, dass es in die Karibik geht, da wollte ich immer schon mal hin«, sagte ich.

Sie ignorierte meine Bemerkung und hielt weiter meine Hand. Dabei blickte sie mir so tief in die Augen, dass ich das Gefühl hatte, dass sie gar nicht mich ansah, sondern vielmehr in mich hinein und wer weiß in welche Tiefen. Als ich ihr gerade meine Hand entziehen wollte, da mir dieser Blick ziemlich unangenehm wurde, sprach sie weiter. Auf dieser Reise würde ich verschiedene Wesen treffen und Erlebnisse haben, was auch keine große Vorhersagekunst war, denn klar, auf Reisen traf man alles Mögliche. Jedes von ihnen, sagte sie, würde eine Frage für mich haben. Und das würden die Fragen meines Lebens sein.

Ja, alles klar, hatte ich bei mir gedacht, Reise, Fragen … was für ein Eso-Kram. Ich hatte genügend Ratgeber studiert und Workshops besucht, denn mein Chef Lutz hatte mir immer gerne Artikel zu Themen der Lebensgestaltung aufgedrückt. Ich war in der Redaktion schon so zur Psychotante geworden, dass mich tatsächlich einige um Rat fragten. Jule zum Beispiel wollte von mir wissen, ob ich Tipps hätte, wie sie sich besser gegen ihre übergriffige Schwester durchsetzen konnte, Michaela wollte Rat für ihre Beziehung und sogar der stille Ingo hatte mich am Kopierer angesprochen, ob ich einen Tipp für ein Retreat hätte, in dem Meditationskurse angeboten würden. Ich war also eine anerkannte Expertin. Ich hatte sogar Bücher vom Dalai-Lama gelesen und von Thich Nhat Hanh – wenn jemand über die Fragen des Lebens etwas wusste, dann sicher ich.

Deshalb sagte ich zu der Frau: »Ach, glauben Sie mir, ich habe schon so ziemlich jede Frage meines Lebens gefunden, da gibt es keine Überraschungen mehr. Und reisen muss ich dafür auch nicht. Fragen gibt's auch hier in Hülle und Fülle.« Ich wollte ihr klarmachen, dass ich sie durchschaute.

Sie sah mich wieder so durchdringend an, dass ich ihrem Blick auswich. Noch immer hielt sie meine Hand fest in ihren beiden und sagte:

»Deine Aufgabe ist, zuhören zu lernen.« Sie machte eine gewichtige Pause und sprach weiter: »Lerne, dem Leben zuzuhören. Nur wenn du wirklich zuhören lernst, wirst du die Fragen deines eigenen Lebens finden können. Du brauchst die Fragen deines Lebens, um auch die Antworten finden zu können. Aber dafür musst du zuhören lernen.« Das waren ihre Worte zum Abschied – Trommelwirbel und Tusch.

»Lerne, dem Leben zuzuhören«, den Spruch hätte man auch in einem chinesischen Glückskeks finden können, versuchte mein Verstand die ganze Sache herunterzuspielen. Er hatte langsam genug von dem Hokuspokus gehabt. Und doch waren die Worte tief in mich gesunken, wie ich jetzt hier im Bett schlaflos und unruhig feststellte. Was für eine Reise die Frau wohl gemeint hatte? Ich hatte nichts geplant, nicht mal ein aktuelles Wunschreiseziel hatte ich im Moment. Den Sommer wollte ich in der Stadt verbringen und weiter als Herbst hatte ich eh noch nicht gedacht.

Andi hatte ich nichts von der Wahrsagerin erzählt. Meist erzählte ich sowieso nicht viel über unsere Mädelsabende. Und irgendwie auch sonst immer weniger, aber das war eine andere Geschichte …

In der Nacht träumte ich davon, dass ich mich hoffnungslos in einer Gegend verlief, die ich nicht kannte. Ich irrte auf der Suche nach jemandem, den ich nach dem Weg fragen konnte, herum, aber es war niemand da. Ich war vollkommen allein. Schweißgebadet wachte ich auf und schwor mir, nie wieder zu einer Wahrsagerin zu gehen.

Dann kam sie, die Reise

Es sollten noch einige Monate vergehen, bis ich wieder an die Weissagung dachte. Diese Monate waren nicht leicht, denn irgendwie war ich durchgehend übel gelaunt, was unter anderem daran lag, dass meine eh schon nicht ganz einfache Beziehung mit Andi immer schwieriger wurde.

Andi und ich waren schon viele Jahre zusammen. Wir hatten uns auf der Uni kennen gelernt und waren schnell Freunde geworden. Ich hatte eine aufreibende Beziehung hinter mir mit einem Menschen, der immer bedrohlich nah am Abgrund getanzt hatte, und sehnte mich vor allem nach Ruhe. Andi war lange Single gewesen und hatte fast schon damit abgeschlossen, noch jemand Passendes zu finden. So waren wir beide keine wirklich Suchenden gewesen und begegneten uns ohne Beziehungserwartung. Wir konnten von Beginn an über alles reden und hatten in vielen Punkten ganz ähnliche Interessen. Es war herrlich leicht mit ihm und das fühlte sich gut an. Wie unterschiedlich wir eigentlich wirklich waren, stellten wir erst viel später fest.

Was hatte Andi wohl damals in mir gesehen? Ich vermute, dass ihn meine Energie fasziniert hatte, denn ich hatte in fast allem mehr Drive als er. Was ich anpackte, zog ich durch, und das oft in rasantem Tempo. Meine Eltern reagierten auf ihn wie immer: indifferent. Sie hätten sich nie anmerken lassen, wenn ihnen meine Wahl missfallen hätte. Da ich nichts finden konnte, was die beiden an Andi hätten aussetzen können, nahm ich an, dass sie unsere Beziehung *okay.* fanden oder es ihnen schlichtweg egal war.

Waren Andi und ich eigentlich je wirklich verliebt ineinander gewesen? Irgendwann waren wir dann einfach zusammen, mehr als eine rationale Entscheidung denn aus Gefühlen heraus. Wir verstanden uns gut, wir verbrachten gerne und viel Zeit miteinander und so war es naheliegend, auch den Rest zu teilen. Unsere beste Zeit war kurz nach dem Studium gewesen, als wir beide ins Berufsleben starteten. Ich fing in der Redaktion meines Patenonkels an, der auch gleichzeitig mein richtiger Onkel ist. Ich hatte einen Großteil meiner Kindheit bei ihm und seiner Frau verbracht und hatte in ihm oft mehr Vater gesehen als in meinem tatsächlichen.

Andi hatte zusammen mit seinem Kumpel Karsten mit einer eigenen Agentur einen guten Start. Sie zogen einige große Grafiker-Aufträge an Land, als Newcomer war das ein toller Erfolg. Doch dann ging Karsten nach Spanien und Andi fiel in ein Loch. Das war vor sechs Jahren gewesen und seitdem hatte er sich nie wieder wirklich gefangen. Ich hatte ihn immer zu ermuntern versucht, sich einen neuen Partner zu suchen oder für ein Grafiker-Büro zu arbeiten, aber das wollte er nicht. Er wolle es allein schaffen, sagte er, aber genau das tat er nicht.

In den letzten Monaten hatten zwischen uns unfaire Auseinandersetzungen zugenommen. Ich erlebte mich selbst als nörgelnde Ziege, der Andi nichts recht machte, aber ich konnte einfach nicht aus meiner Haut. Es gab so vieles an ihm, was mich nervte, und oft verließ ich die Wohnung nur, um nicht neben ihm auf dem Sofa sitzen zu müssen, weil ich seine Anwesenheit nicht ertrug.

Als ich nun gerade in der Redaktion saß und an den vorabendlichen Streit mit Andi dachte, rief mich Lutz zu sich.

»Ich hab was für dich«, sagte er, als ich sein Zimmer betrat. »Und zwar geht es um eine Reise, über die du eine Reportage schreiben sollst.«

»Ach, schau an, da ist sie ja«, lachte ich.

»Was hast du gesagt?«

»Ach nichts, mir wurde nur prophezeit, dass ich eine Reise machen würde – und siehe da, da ist sie.«

»Äh …, ja, genau, du wirst eine Reise machen. Genauer gesagt eine Wanderung.«

»Eine was?«

»Ja, wir brauchen eine Reportage zum Thema Wandern. Wandern wird immer beliebter und dazu möchte ich was haben.«

»Kannst du nicht Tim schicken? Der ist doch so ein Outdoor-Freak.«

»Nein, ich will nicht Tim, ich will dich.«

»Aber, …«

»Sorry, kein Aber, Elli. Du bist genau die Richtige dafür, gerade weil du so etwas sonst nicht machst und wahrscheinlich auch nie darauf gekommen wärst. Ich will diesen Blickwinkel und keine Hommage ans Wandern von jemandem, der eh mehr in der Natur ist als daheim. Ich habe Steffi schon instruiert, sie wird dir alles Weitere sagen. Viel Spaß, ich bin gespannt, was du mitbringst.« Und damit schob er mich zur Tür hinaus. So war er, mein Lieblingsonkel. Und er war mir noch immer so wichtig, dass ich mich nie wirklich gegen ihn und seine Entscheidungen für mich wehren konnte. Wenn sich Lutz in den Kopf gesetzt hatte, dass ich diese Reportage und damit die Reise machen sollte, dann würde es auch so kommen. Ich öffnete noch einmal die Tür und steckte meinen Kopf ins Büro.

»Sag mal, du kennst aber keine kleine Greisin, die in so einer Eso-Bude hockt und anderen die Zukunft weissagt?«

»Was?« Lutz' Gesicht zeigte ehrliche Verwirrung.

»Ach nichts, schon gut«, sagte ich und schloss die Tür wieder.

Wanderin wider Willen

Dass ich nun zur Wanderin werden sollte, begeisterte mich nicht wirklich. Neun Tage sollte ich durch die Berge laufen, allein. Lutz meinte, dass die Wanderung nicht zu kurz sein durfte, da sie sonst nur ein Spaziergang wäre. Es sollte schon anstrengend sein, damit ich einen authentischen Text würde schreiben können.

»Neun Tage? Das ist nicht dein Ernst!«, rief ich und war tatsächlich entsetzt. Das erschien mir unvorstellbar lang. »Das sind fast zwei Wochen! Und dann noch allein? Was, wenn mir was passiert? Wer soll mir helfen? Was mache ich da ganz allein?«

»Es ist gerade mal eine gute Woche. Und dir wird nichts passieren«, sagte er. »Ich schicke dich ja nicht in den Himalaya, sondern nur nach Bayern. Dort gibt es gut ausgeschilderte Wege und du musst auch kein Gepäck schleppen. Sieh es doch als bezahlten Urlaub, du glaubst nicht, wie viele glücklich wären, eine solche Reise machen zu dürfen – und dafür noch Geld zu bekommen.«

»Warum nimmst du dann nicht einen von denen? Ich bin kein bisschen glücklich …«

»Das hatten wir schon. Ich will dich für diese Reportage. Gerade weil du dich so wehrst. So, nun sei brav und freu dich drauf.«

Für einen kurzen Moment fragte ich mich, warum ich mich immer wieder von Lutz so behandeln ließ, als sei ich noch fünf Jahre alt. Aber so war es immer gewesen und ich kam nicht gegen ihn an.

»Du weißt schon, dass es nicht okay ist, seine Angestellten wie

Kinder zu behandeln, ja?« Er lächelte mich sehr liebevoll an und sagte: »Aber du bist doch wie mein Kind«, und damit war das Thema durch. Das Gute an der Sache war, dass ich wieder einmal einen der großen Vorteile erfahren konnte, die man hat, wenn man in der Redaktion eines erfolgreichen Magazins arbeitet: Für eine Reportage-Reise wurde einem alles abgenommen, man musste sie nur noch antreten.

Steffi hatte eine nicht allzu bekannte Wanderstrecke herausgesucht, damit ich nicht mit Dutzenden von anderen unterwegs sein würde, sondern eher allein. Laut Prospekt wartete auf mich eine atemberaubende Landschaft. Mein Hauptgepäck würde jeweils zu meinen Unterkünften transportiert werden, so dass ich selbst nur leichtes Gepäck würde tragen müssen. Das war sehr in meinem Sinn. Auch wenn ich recht fit war, so bereitete mir die Vorstellung, tagelang mit einem großen Rucksack durch die Gegend rennen zu müssen, deutliches Unbehagen. Mit einem leichten Tagesrucksack erschien mir die Sache halbwegs erträglich, wenngleich mir die angesetzten Laufzeiten von sechs bis acht Stunden täglich alles andere als verlockend erschienen.

Plötzlich fiel mir ein, dass ich als Kind einige Male mit meinen Großeltern wandern gewesen war. Daran hatte ich gar nicht gedacht, als mir Lutz den Auftrag für diese Reportage erteilte. Ich war also doch gar nicht so unerfahren in Sachen Wandern, wie er angenommen hatte! Na ja, aber wirklich erfahren auch nicht, denn wie alt war ich damals wohl? Vielleicht sechs, sieben Jahre. Eigentlich müsste es davon sogar noch Fotos geben, mein Großvater hatte, glaube ich, welche gemacht.

Meine bisher einzigen Wandererfahrungen waren also sehr lange her und seitdem war ich nicht mal besonders gerne spazieren gegangen. Körperliche Anstrengung im Urlaub hatte ich sogar konsequent gemieden, denn der sollte doch Spaß machen. Rumrennen musste ich in meinem Alltag schon genug. Und jetzt sollte ich neun Tage lang durch die Berge laufen …

Aber nun war diese Reise ja kein Urlaub, sondern Arbeit und es galt herauszufinden, was all die Leute in die Natur treibt. Ich konnte nicht wirklich nachvollziehen, was daran Spaß machen sollte, Stunde um Stunde zu laufen, wo man die meisten Orte doch auch per Bahn oder Bus erreichen konnte oder mit dem eigenen Auto. *Job ist Job,* sagte die Elena in mir, und wenn es um meinen Job ging, war ich Profi.

Ein Abschied mit unguten Gefühlen

Als ich Andi von der Reise erzählte, reagierte er so wie immer: Er nahm zur Kenntnis, dass ich wieder weg sein würde, aber fragte nicht nach, wohin genau und was ich tun würde. Wann hatte er eigentlich aufgehört, sich dafür zu interessieren?

»Ich werde übrigens die ganzen Tage wandern«, sagte ich. Er schaute auf. »Du wirst wandern?« Warum klang er so ungläubig?

»Ja, Lutz will eine Reportage über das Wandern, weil es offenbar in Mode ist. Und er hat mich ausgewählt.«

»Was genau heißt denn wandern?«

»Na, was soll das schon heißen: Ich laufe. Mit meinen eigenen Beinen. In der Natur herum.« Ich klang deutlich gereizter, als ich es beabsichtigte. Warum wurde ich nur immer so schnell ungehalten, wenn wir uns unterhielten?

»Mit einem Rucksack?«

»Mit einem Tagesrucksack. Der Rest wird von Pension zu Pension transportiert.«

»Und wie viele Tage?«

»Neun.«

»Ganze Tagestouren?«

»Himmel, Andi, ja Tagestouren. Warum klingt es so, als würdest du mir das nicht zutrauen?«

»Na ja, bisher schienst du nicht gerade der größte Wandervogel zu sein. Als ich so etwas mal vorgeschlagen hatte, hast du rundweg abgelehnt und wir sind nach Menorca an den Strand gefahren.«

»Das ist Arbeit, Andi, kein Urlaub.«

»Natürlich. Arbeit.«

»Was soll das schon wieder heißen?«

»Nichts weiter.«

Ich merkte, wie ich immer wütender wurde. »Ja, ich weiß, meine Arbeit steht immer an erster Stelle und du armer Kerl stehst immer hintenan. Ich kann es nicht mehr hören. Würdest du dir auch mal was Richtiges suchen, müsstest du nicht leiden und immer auf mir herumhacken. Nicht jeder ist zum Rumsitzen geschaffen.« Das war ein mieser Tiefschlag von mir und ich wusste es. Ich traf ihn damit an seinem wunden Punkt und irgendwie wollte ich genau das. Ich konnte sein Phlegma immer schlechter ertragen und noch weniger das Gefühl, dass er mir unterschwellig Vorwürfe machte, dass ich so viel mehr arbeitete als er oder vielleicht besser gesagt, dass ich so viel erfolgreicher war als er.

Ich atmete tief durch. »Tut mir leid, das war unfair. Ich wollte das nicht sagen. Wahrscheinlich bin ich nervös, denn Lutz hat mir diese Wanderung aufgedrückt und ich habe schon jetzt das Gefühl, dass ich das nicht hinbekommen werde. Er will unbedingt, dass ich das mache, und du weißt ja, wie er ist. Ich hätte das nicht sagen sollen, bitte entschuldige.«

»Schon gut«, sagte Andi, aber es war nicht gut. Es war schon lange nicht mehr gut.

»Ich hätte vielleicht mitkommen können«, sagte er leise.

»Lutz will, dass ich das allein mache«, sagte ich müde. »Das ist sozusagen der Clou an der Sache.« Wir schwiegen.

»Wann geht es denn los?«, fragte er nach einer Weile.

»Montag.«

»Soll ich dich dann zur Bahn bringen?«

»Lieb von dir, aber es kommt ein Taxi. Du weißt ja, das organisiert alles Steffi. Ich muss eh früh los, da schläfst du noch.« Ich wusste, dass ich mich von ihm hätte bringen lassen sollen und dass ich ihn so wieder vor den Kopf stieß. Aber ich wollte keinen Abschied am Bahnhof mit der Gefahr, dass wir uns vorher wieder streiten würden. Er fragte auch nicht noch einmal nach.

Und so verließ ich am nächsten Montag um kurz nach 6:00 Uhr unsere Wohnung. Es fühlte sich nicht gut an, so zu fahren, aber da ich mich nun auf das, was vor mir lag, konzentrieren wollte, schob ich die Gedanken an Andi und mich weg.

Der alte Herr im Zug

Ich hatte es mir gerade auf meinem Fensterplatz im Zug gemütlich gemacht, als mich eine sanfte, tiefe Stimme fragte: »Entschuldigung, ist hier noch Platz?«

»Oh, keine Ahnung, schauen Sie doch mal, ob da eine Reservierung angezeigt ist. Bis jetzt sitzt hier niemand.«

»Na, dann nehme ich den Platz einfach mal, aufstehen kann ich ja immer noch«, sagte der Mann und lächelte.

Ich nickte und wandte mich wieder meinem Laptop zu, als sich der Mann leicht räusperte und sagte: »Vielen Dank. Ich heiße übrigens Denhardt. Freut mich, Sie kennen zu lernen.«

Ich schaute etwas perplex auf, denn bisher hatte ich noch nie erlebt, dass sich jemand im Zug vorstellt. Ich ergriff seine Hand und murmelte

»Schmitt, sehr erfreut« und kam mir ein bisschen seltsam dabei vor. *Na, hoffentlich textet er mich nun nicht die ganze Fahrt voll,* dachte ich bei mir … *ach, und pass auf, gleich stellt er mir eine Frage.* Bei dem Gedanken musste ich grinsen. Aber es kam keine Frage. Auch redete er kaum etwas. Der ältere Herr war ein durch und durch angenehmer Mitreisender. Er war geschmackvoll gekleidet und trug sein erstaunlich volles weißes Haar recht lässig. Graugrüne Augen blitzten unter buschigen Augenbrauen hervor und eine prominente Nase verlieh seinem Gesicht ein markantes Profil. Er hatte feine Hände, fast die eines Pianisten. An dem Ringfinger der rechten Hand steckte ein schmaler goldener Ring. Die meiste Zeit der Fahrt las er in einem Buch oder döste ein wenig. Einmal packte er ein sorgfältig in Butterbrotpapier eingewickeltes Käsebrot aus, das er verzehrte, nicht ohne mir ein Stück anzubieten, was ich aber dankend ablehnte. Hin und wieder trank er eine Tasse Tee aus seiner Thermoskanne.

So verging die Zeit. Zwei Stationen, bevor ich selbst aussteigen musste, verabschiedete er sich förmlich mit einem Händeschütteln von mir, wünschte mir eine gute Weiterreise und stieg aus. Es war seltsam, aber als sein Platz neben mir leer war, bedauerte ich, dass wir uns nicht unterhalten hatten. Vielleicht hätte *ich* ihm Fragen stellen sollen, denn ich hätte gerne mehr über ihn erfahren. Irgendwie hatte ich das Gefühl, dass er ein interessanter Mensch war. Was er wohl beruflich gemacht hatte? Wo lebte er? Was hatte er erlebt? Wie war sein Buch? Es hätte sicher viele Themen gegeben, über die wir hätten reden können. Stattdessen hatte ich mich mit Arbeit abgeschottet, wie so oft. Über die Jahre war mein Rechner eine Art Schutzschild gegen alles Mögliche geworden, nur wovor ich mich eigentlich schützen wollte, war mir selbst nicht so ganz klar.

Ich schaute aus dem Fenster und fragte mich, wie oft wir es wohl versäumten, mit Menschen zu reden, weil wir denken, dass wir Wichtigeres zu tun haben, oder weil es uns zu anstrengend erscheint oder weil wir zu unsicher sind. Ich war als Jugendliche oft mit der Bahn gefahren und erinnerte mich, dass ich mich eigentlich immer mit jemandem unterhalten hatte. Irgendwann hatte ich aber begonnen, mir Kopfhörer in die Ohren zu stöpseln, womit ich jedes Gespräch wirkungsvoll unterband. Und heute versteckte ich mich fast immer hinter meinem Laptop oder Handy. Aber sind es nicht gerade die Begegnungen mit anderen

Menschen, die so eine Bahnfahrt bereichern können? In meiner Erinnerung blitzte das Gesicht der Wahrsagerin auf, als sei dieser Gedanke von ihr gekommen. Sie hatte gesagt, ich *müsse zuhören lernen* ... Dann wurde meine Station verkündet und ich packte meine Sachen zusammen, um auszusteigen.

Ankommen, um loszulaufen

Vom Bahnhof aus musste ich noch ein Stückchen zur Pension laufen. Ich hätte ein Taxi nehmen können, aber nach dem langen Sitzen im Zug erschien es mir verlockend, mir die Beine zu vertreten. Außerdem schien die Sonne. Also schulterte ich meinen Rucksack, griff nach meinem Rollkoffer und lief durch das beschauliche Städtchen. Erst musste ich an der Hauptstraße entlang. Es war eine ganze Menge los für einen so kleinen Ort. Jeder schien irgendwo hinzuwollen. Das war natürlich immer so, aber ich hatte bisher nicht wahrgenommen, wie beschäftigt wir Menschen doch oft wirken. Wahrscheinlich weil ich in der Regel selbst hektisch durch die Straßen lief und gar keine Zeit hatte, auf andere zu achten. Es wirkte so, als würde jeder Einzelne gerade immer das Wichtigste überhaupt tun, aber wie wichtig waren all unsere Aktivitäten wirklich?

Jetzt zum Beispiel würde ich für neun Tage lang nicht da sein, wo ich sonst war, würde also nichts von all den wichtigen Dingen tun, die ich sonst tat. Trotzdem würde sich die Welt weiterdrehen. Wie wichtig war also all das sogenannte Wichtige wirklich? Und wie unentbehrlich waren wir tatsächlich? Ich überlegte, ob ich mir noch die Zeit für einen Kaffee nehmen sollte, eigentlich trieb mich ja nichts direkt zur Pension. Aber ich war unruhig und wollte dann doch erst das Gepäck loswerden. Diese Unruhe, die ich spürte, gewann fast immer in mir.

Ich bog in eine kleine Seitenstraße ein. Es ging bergauf und am Ende der Straße musste ich noch einmal rechts abbiegen, bis ich vor der

Pension Waldfrieden stand, in der ein Zimmer für mich reserviert war. Ich drehte mich noch einmal um, denn hier aus der etwas höher gelegenen Position hatte man einen schönen Blick auf das Städtchen. Es sah genau so aus, wie man sich eine Kleinstadt in Bayern vorgestellte: kleine verwinkelte Gassen, hübsche Häuschen mit bunten Geranien an den Balkonen und eine dieser schönen Zwiebelturm-Kirchen, die freundlich auf das Geschehen schaute. Rundherum gab es Berge und dicke Wattebauschwolken, die sich eindrucksvoll auftürmten. Ich hoffte, dass das kein Zeichen für schlechtes Wetter war.

An der Rezeption begrüßte mich eine Frau herzlich mit breitem bayrischem Dialekt und einem kräftigen Handschlag. Sie überreichte mir den Schlüssel zu meinem Zimmer sowie einen dicken Umschlag, in dem ich Infos zu meiner Wanderung finden würde, Broschüren, Karten und Ähnliches. Frühstück würde es von 8:00 bis 10:00 Uhr geben und mein Gepäck für den Weitertransport sollte ich bis 8:00 Uhr bei der Rezeption abgegeben haben. Ich bedankte mich, stieg die Treppe zum ersten Stock hinauf und fand mein Zimmer am Ende des Ganges. Nummer 15 war ein gemütlich eingerichtetes Zimmerchen, ausnahmsweise mal wirklich ein Einzelzimmer mit nur einem Bett. *Gut so für eine Alleinreisende,* dachte ich, und vielleicht schwang eine Portion Trotz in meinen Gedanken mit. Das Wörtchen *›allein‹* blieb jedenfalls irgendwie in dem kleinen Raum hängen wie ein Rauchzeichen.

Ich dachte an Andi und daran, dass ich so oft allein unterwegs war, obwohl ich ja in einer Beziehung lebte. Für viele Paare war das gemeinsame Verreisen etwas Selbstverständliches und durch meine vielen Reportage-Reisen hätten wir schöne Sachen zusammen machen können. Aber ich sorgte immer dafür, allein zu fahren, selbst dann, wenn es gar nicht nötig gewesen wäre. Auch jetzt war ich froh, dass Andi nicht hier war. Mir diesen Gedanken zu erlauben, war schmerzlich. Wann hatte ich aufgehört, gerne etwas mit Andi zu machen? Und warum habe ich das nicht zum Anlass genommen, mehr für unsere Beziehung zu tun?

Mein Magen vermeldete Hunger und ich schob die dunklen Gedanken weg. *Wieder einmal ...*, so wie ich all die Zeit die Zweifel und unguten Gefühle weggeschoben hatte. Nicht jetzt, später. Mir war klar, dass es auf diese Weise irgendwann ganz zu spät sein würde und selbst das ließ mich auf eine verstörende Art unberührt. Vielleicht war es tatsächlich schon jetzt zu spät?

Das Essen in der kleinen Pension war einfach, aber sehr lecker. Ich hatte Käsespätzle bestellt und die Portion war mehr als üppig, so dass ich keinen Nachtisch mehr schaffte. Ich bestellte mir noch einen Pfefferminztee, da ich noch nicht in mein Zimmer wollte, und blieb in der gemütlichen Gaststube sitzen. Ich hatte gehofft, nach der Anreise ein bisschen zur Ruhe zu kommen, und hatte extra meinen Rechner und das Handy im Zimmer gelassen. Nun fehlten mir die Geräte und ich war unruhig, weil ich nach Nachrichten schauen wollte und dachte, ich könnte die Zeit ja auch schon mal für einige Notizen nutzen. Da war sie wieder, die mir so vertraute Unruhe.

Wie machten andere Leute das, die einfach nur so am Tisch sitzen und etwas trinken konnten? Mir kam das immer vor wie verlorene Zeit. Ich trank den Tee also aus und überlegte, ob ich vielleicht noch einen kleinen Spaziergang machen sollte. Aber ich entschied mich für den Rechner und ging zurück in mein Zimmer. Dort verbrachte ich dann eine ganze Zeit damit, Mails durchzuschauen und sinnlos im Internet zu surfen. Sinnlos, weil ich genau wusste, dass ich mich ablenkte. Ich gab vor, einiges zu recherchieren, aber in Wirklichkeit wollte ich meinen Kopf beschäftigen, damit er nicht über Einzelzimmer und verlorene Nähe nachdachte oder über Wanderungen, körperliche Anstrengungen und Wahrsagerinnen.

Ich wollte nicht denken und das Surfen im Internet war eine der besten Möglichkeiten, meinen Kopf zu beschäftigen.

Es war schon sehr spät, als ich die Kiste endlich ausmachte, um mich schlafen zu legen. Den Wecker stellte ich auf 7:00 Uhr, die Nacht würde also kurz werden und ich würde an meinem ersten Wandertag sicher nicht allzu fit sein. Als ich das Licht ausgemacht hatte und im Bett lag, hörte ich, dass Regen an das Fenster prasselte, und dachte beim Einschlafen noch, dass das ja ein schöner Start werden würde …

Die Frösche

Tag 1

Meine Wanderung fing genau so an, wie ich es schon befürchtet hatte: Es regnete in Strömen. Normalerweise hätte ich bei diesem Wetter entschieden, gar nicht erst loszugehen. Wer wandert schon bei solch einem Regen? Aber die Route stand fest, mein Gepäck würde heute Abend 15 Kilometer entfernt auf mich warten. Was blieb mir anderes übrig? Also zog ich mich an und ging los.

Ich hatte mir eine tolle, richtig teure Regenjacke und eine ebenso tolle Regenhose für die Wanderung angeschafft, war aber dennoch froh, dass ich zusätzlich meinen Schirm mitgenommen hatte. Einen einfachen, günstigen Mini-Schirm, den ich immer dabei hatte. Sehr zufrieden mit mir selbst spannte ich den Schirm vor der Pension auf und lief los. Ich fand das Laufen unter einem Schirm deutlich angenehmer als mit einer Kapuze auf dem Kopf, die mein Blickfeld einschränkte.

Beim Frühstück war meine Laune noch ziemlich mies gewesen, weil ich keine Lust gehabt hatte zu gar nichts – keine Lust zu wandern und schon gar keine Lust, durch ein Sauwetter zu stapfen, aber nun, da ich unterwegs war, konnte ich es sogar ein Stück weit genießen. Es war so wohltuend anders – ich, laufenderweise im Regen, niemand, der mich kannte, hätte sich wohl dieses Bild vorstellen können, … ich am allerwenigsten. Die Natur liebt Regen. Ich konnte fühlen, wie das Grün tief und wohlig aufatmete. Die Luft war herrlich klar und auch mir taten die tiefen Atemzüge gut. Der Weg führte mich durch kleinere Wäldchen sowie einige Dörfer und trotz des Grau wirkte die Welt harmonisch und lieblich. Da das Wetter nicht zum Hinsetzen einlud, aß ich einen Teil meines Proviants im Gehen. Meine Füße fühlten sich erstaunlich fit an und ich dachte, das nutze ich einfach mal aus. Und so lief ich eine lange Zeit durch die frischgewaschene Welt, ohne an viel zu denken.

Am frühen Nachmittag kam ich an einem recht großen Teich vorbei, der idyllisch in einer Senke lag und an dessen Rand Trauerweiden ihre Äste tief ins Wasser tauchten. Der Regen hatte aufgehört und es kam mir so vor, als würde sich die Sonne vielleicht doch noch hervorwagen. Ich beschloss, eine einladende kleine rote Holzbank am Ufer für eine Pause zu nutzen, denn inzwischen war ich doch recht müde geworden. Mit meiner Regenhose würde es nicht viel ausmachen, dass das Holz noch feucht war, und so setzte ich mich. Meinen Rucksack stellte ich neben mir auf der Bank ab.

Ich ließ meinen Blick über die Wasserfläche vor mir schweifen und entdeckte einige Seerosenblätter und Blüten. Es war wunderschön hier! Ich holte meine Wasserflasche und trank, ich hatte gar nicht gemerkt, wie durstig ich war. Dann holte ich noch einen Apfel heraus und biss hinein, während ich weiter auf das Wasser blickte. Irgendetwas schwamm in dem Teich. Hier und da bewegte sich die Wasseroberfläche und weiter hinten auf den Seerosenblättern saß etwas. Ich stand auf und ging näher ans Ufer, um besser sehen zu können, worum es sich handelte. Und als sei das das Startzeichen gewesen, begann ein Konzert. Als hätten sie sich abgesprochen, waren erst rechts drei Frösche in unterschiedlicher Tonlage zu hören, dann ertönte links ein fast identisches Echo, worauf sie dann gemeinsam weiterquakten.

Dann setzten auch in der Mitte immer mehr Frösche ein. Mal hoch, mal tief, mal leise, mal laut. Einige von ihnen röhrten richtiggehend, andere schnalzten und wieder andere machten so lustige Geräusche, dass ich kichern musste. In einem Film hätte man das Ganze sicher als ziemlich übertrieben empfunden, aber es war echt. Und sie wussten durchaus noch eins draufzusetzen.

Ich schaute mich um, ob vielleicht noch jemand dieses unglaubliche Froschkonzert mitbekommen würde, aber ich war allein. Die Show fand nur für mich statt. Ich trat noch dichter ans Wasser, um sie besser sehen zu können. Meine Bewegungen hatten die Frösche verstummen lassen, doch nicht für lange, denn schon bald begann wieder einer. Daraufhin hatte dann wieder jeder etwas beizusteuern und innerhalb kürzester Zeit stand ich erneut mitten in vielfältigster Froschbeschallung. Nach und nach entdeckte ich auch immer mehr Frösche. Einige waren braun und beige gesprenkelt, manche nur braun, andere fast goldfarben. Und hier und da gab es auch einen auffällig grünen unter ihnen.

Ich musste wieder grinsen, die Tonakrobatik dieser Kerlchen war einfach unglaublich. Ich hatte keine Ahnung gehabt, zu welchen Tönen Frösche fähig waren. Und seltsam, nach einer Weile war es mir, als würde ich etwas verstehen können. Nein, das konnte nun wirklich nicht sein, meine Phantasie musste mir einen Streich spielen. Ich stand hier an einem Teich, in dem Frösche quakten, das war alles. Niemand da, der etwas zu mir sagen konnte. Aber es wurde immer deutlicher: Inmitten all des vielfältigen Gequakes waren hin und wieder Worte zu hören, mal ganz hoch tönend, mal tief und brummend. Es waren immer wieder dieselben Worte, genauer gesagt war es eine Frage und die lautete: »Was ist das einfache Sein?«

»Was ist das einfache Sein?«, wiederholte ich, als ich mir ganz sicher war, dass diese Worte zu hören waren. Was für eine seltsame Frage.

Und wie seltsam, dass ich überhaupt eine Frage hören konnte.

In diesem Moment kam mir die hutzelige kleine Weissagerin in den Sinn, wie sie meine Hand gehalten und etwas von Zuhören und Fragen gesagt hatte. Waren da nicht auch Frösche vorgekommen? Sie hatte gesagt, dass ich auf eine Reise gehen würde und zuhören lernen müsste. Von den Fragen meines Lebens hatte sie gesprochen und von den Antworten, die ich finden müsste. Und nun stand ich hier, eine Wanderin wider Willen auf einer vollkommen ungeplanten Reise, die bisher vor allem nass gewesen war, und hörte den Fröschen beim Quaken zu. Mit anderen Worten: Ich war offenbar, ohne dass ich es gemerkt hatte, ein bisschen irre geworden. Anders war das Ganze nicht zu erklären.

Plötzlich merkte ich, dass die Frösche still geworden waren. Nicht ein einziges Quaken war mehr zu hören. Dafür schwammen sie gut sichtbar an der Oberfläche, saßen auf den Seerosenblättern und einige sogar zu meinen Füßen am Ufer – und: Sie schauten mich alle erwartungsvoll an.

»Ja, klar«, sagte ich, »jetzt schaut ihr mich auch noch alle an! Ich weiß ja, dass ich tendenziell überarbeitet bin und dass man bei zu viel Stress Visionen bekommen kann, aber dass es tatsächlich schon so weit gekommen ist, damit hatte ich nicht gerechnet.« Ich wollte lachen, aber es gelang mir nicht so recht, was vielleicht verständlich war: Mich glotzten Dutzende hervorstehender Augenpaare erwartungsvoll an, wem würde da das Lachen nicht vergehen?

»Und jetzt?«, fragte ich in die mich anglubschende Runde. Kein Frosch zwinkerte, wobei ich mir nicht sicher war, ob Frösche überhaupt zwinkern können.

»Falls ihr euch fragt, ob ich die Frage verstanden habe, ja, habe ich, zumindest akustisch. Was das einfache Sein ist, habt ihr mich gefragt.« Und, schwups, kam Bewegung in die Runde. Fast als würden sie applaudieren, schlugen sie mehrfach ihre Vorderbeinchen zusammen und sprangen ins Wasser, mal mit kleinen Hüpfern, mal mit großen Sprüngen und deutlichem Platschen. Im nächsten Moment war nur noch ein einziger von ihnen zu sehen, der auf einem Seerosenblatt saß. Er war ein bisschen größer als die anderen und schimmerte wie mit Goldpuder bestreut.

»Das ist doch verrückt«, sagte ich. »Ihr habt das wirklich gefragt, oder? Bitte nick jetzt nicht auch noch, sonst denke ich, ich bin wirklich vollkommen durchgedreht.« Das machte der Frosch auch nicht, sondern schaute mich noch einen Moment lang an und verschwand dann auch mit einem kleinen Sprung im Teich.

Ich ging zurück zur Bank und schulterte meinen Rucksack. Diese Sache mit den Fröschen war so ziemlich das Seltsamste, was ich je erlebt hatte. Ich hätte schwören können, dass es wirklich passiert war, aber das konnte doch einfach nicht sein. So etwas war unmöglich.

Die merkwürdige Frage ging mir jedenfalls nicht aus dem Sinn, während ich mich wieder auf den Weg machte. Ich wusste keine Antwort auf diese Frage, ja, hatte nicht mal das Gefühl, sie wirklich zu verstehen. Was war denn mit *»einfachem Sein«* gemeint? Und was hatte das mit mir zu tun?

Ich nahm mein Notizbuch zur Hand und notierte mir die Frage.

Was ist das einfache Sein?

Die Schmetterlinge

Tag 2

In der Rückschau kam mir meine Geschichte mit den Fröschen schon etwas abenteuerlich vor. *Elli, Elli,* dachte ich bei mir, *das ist ziemlich bedenklich* – Worte, die von meiner Mutter hätten kommen können. Von dem See aus war es nicht mehr weit zur nächsten Pension gewesen. Als ich dort angekommen war, hatte ich mich als Erstes aufs Bett gelegt und war prompt für eine Stunde eingeschlafen. Beim Abendessen hatte ich dann immer wieder schmunzeln müssen, als ich an das Froschkonzert dachte, welches die feuchte Truppe gegeben hatte.

Mochte schon sein, dass meine Vorstellungskraft mit mir durchgegangen war, denn sprechende Frösche waren selbst nach einer Prophezeiung ein bisschen zu viel des Guten. Aber die Frage war ja dennoch da und die hatte es durchaus in sich. Sie war auf eine merkwürdige Art sperrig für mich, da ich noch immer nicht recht zu fassen bekam, worum es in ihr eigentlich ging. *»Das einfache Sein«,* das waren verständliche Worte, die dennoch keinen Sinn für mich ergaben.

Am Frühstücks-Buffet langte ich ordentlich zu, ich wollte gut gestärkt in diesen Tag gehen. Das Lunchpaket hingegen packte ich etwas sparsamer, denn gestern hatte ich zu viel mitgenommen. Während des Laufens war mir gar nicht nach Essen zumute gewesen.

Um kurz nach 9:00 Uhr war ich startklar. Das Wetter war, wenn auch noch nicht richtig gut, immerhin besser als gestern: grau, aber trocken. Vor dem Hotel orientierte ich mich mit meiner Karte. Ich fand den Wegweiser zum Wanderweg gleich gegenüber an der Bushaltestelle und machte mich auf.

Als ich das Dorf hinter mir gelassen hatte, führte mich der Weg direkt in den Wald. Dieser war dunkel und kühl. Die Nadelbäume waren hoch und die Stämme standen dicht, so dass nur wenig Licht durchkam. Ich fühlte mich winzig zwischen diesen Riesen und fast ein bisschen verloren. Doch meine Füßen traten auf weichen Boden, der tröstlich federte, und so lief ich einfach weiter. Ich war lange in diesem Wald unterwegs und hatte mich innerlich ganz in mich selbst zurückgezogen. Erst hatte ich wieder gehadert – mit der Wanderung, mit Lutz, mit Andi und meinem ganzen Leben. Aber mir war klar, dass das nur Schattenkämpfe waren. Hier ging es um ganz anderes. Vielleicht tatsächlich um das einfache Sein der Frösche, möglicherweise aber auch um noch ganz andere Dinge. Je länger ich auf dem Waldweg lief, desto mehr vertiefte ich mich in mich. Das Außen war fern, hier gab es nur mich und den Waldboden und die Bäume. Es roch nass und ein bisschen modrig und das Grau mischte sich hier mit dem dunklen Grün des Waldes. Ich konnte den Himmel nicht sehen und keine Landschaft, nicht mal wirklich den Weg vor mir, da mir durch die zahlreichen Kurven und Wendungen immer wieder der Blick nach vorn versperrt war. Ich fühlte mich wie in einem Sumpf aus Bäumen, durch den ich Schritt für Schritt für Schritt watete.

Ich legte eine kleine Pause ein, als mir am Rand der Stamm eines gefallenen Baumes eine Sitzgelegenheit bot. Ich starrte in das dichte Walddickicht und überlegte, wie oft ich eigentlich genau so durch meinen Alltag lief, mit einem ähnlich begrenzten Blick ohne ein Gefühl für das große Ganze. Waren nicht die Anforderungen meines Alltags oft genauso dicht wie dieser Wald?

Als ich den Kopf hob und hinaufschaute, sah ich hoch oben über den Baumspitzen, dass der Himmel sich aufzuklaren begann. Erste Flecken Hellblau waren zu sehen und ich stand auf, um weiterzugehen. Auf der Karte konnte ich sehen, dass ich den Wald bald hinter mir lassen würde, und das gab mir neue Energie. Tatsächlich wurde der Wald nach einer kurzen Weile endlich wieder lichter und ich konnte leichter atmen. Es war wie ein Freischwimmen – aus einer zähen Brühe hinaus ins offene Meer. Und dann trat ich aus dem Wald auf eine große Bergwiese.

Ich blieb für einen Moment stehen, um diesen Anblick ganz auf mich wirken zu lassen: den freien Raum, die Weite, den blauen Himmel mit weißen Wolkenbäuschen, das helle Licht der Sonnenstrahlen auf dem satten Grün und die bunten Tupfer der Blumen auf der Wiese. Wunderschön war das, einfach wunderwunderschön. Mich überkam eine unbändige Lust loszurennen – hinauf auf die Wiese. Warum tat ich es nicht? Warum stand ich da und dachte darüber nach, etwas zu tun, wonach mir so sehr war, anstatt es zu tun? Wie gut ich dieses Gefühl kannte! Etwas aus dem Herzen heraus tun zu wollen, aber mich zurückzuhalten, ja, sogar mich bewusst abzuwenden, um etwas anderes zu tun, etwas Vernünftigeres, etwas Besseres. So war sie, die Elena in mir, und sie hatte das Sagen.

Was fürchtete ich nur, wenn ich solchen Impulsen nachgeben würde? Warum konnte ich nicht viel öfter Elli sein? Hatte ich Angst, mich lächerlich zu machen? Albern zu sein? Unvernünftig zu werden? Oder fürchtete ich vielleicht am meisten, ich würde nicht genug davon bekommen und nicht mehr aufhören können damit?

»Was soll's!«, schrie ich in diesem Moment und rannte los! War ich je zuvor so frei losgerannt? Einfach so, ohne nachzudenken? Ganz Körper, ganz Bauch, und das mit einer zutiefst kindlichen Freude, bei der mein Herz lachte? Ich glaube, nicht. Aber jetzt tat ich es. Ich rannte, und wie! Mir liefen die Tränen, denn ich weinte und lachte zugleich. Es war so unerhört, was ich da tat, und gleichzeitig war es so gut. Der innere Kampf zwischen *»Das geht doch nicht!«* und *»Ich mach, was ich will!«* konzentrierte sich in meinen Tränen und ich fühlte, wie die Bedenken und selbst auferlegten Verbote in diesem Moment von mir abfielen. Ich rannte, bis ich nicht mehr konnte.

Als ich stehen blieb, um Atem zu holen, passierte etwas ganz Wundervolles: Dutzende von Schmetterlingen stiegen aus der Wiese auf und umtanzten mich. Es war sicher das Bezauberndste, das ich je erlebt hatte. Die Schmetterlinge forderten mich regelrecht zum Tanz auf und ich folgte ihrer Ermunterung, ohne zu zögern. Hoch hob ich meine beiden Arme, so hoch, als könnte auch ich fliegen. Ich hüpfte und schwebte und wirbelte meine Haare im Wind herum. Wann hatte ich mich je so leicht gefühlt wie in diesem Moment?

Nach einer ganzen Weile war ich wieder ordentlich außer Atem gekommen und ließ mich in der Mitte der Wiese auf den Boden fallen. Und wieder geschah etwas sehr Schönes: Die Schmetterlinge flatterten nach und nach zu mir und ließen sich in einem Kreis um ich herum nieder.

»Ich danke euch für dieses zauberhafte Erlebnis, das ich nie wieder vergessen werde. Ich durfte mit Schmetterlingen tanzen, wer kann das schon von sich sagen? Das Glücksgefühl wird für immer ein Schatz in meinem Herzen sein. Und jetzt, nehme ich an, habt ihr eine Frage für mich?« Natürlich hatte ich das nicht ernst gemeint, sondern nur so dahingesagt in meinem euphorischen Glücksgefühl, das mich mit Schmetterlingen reden ließ. Und gleichzeitig war ich mir sicher, dass sie antworten würden.

»Oh ja, oh ja, oh ja«, sangen sie, was ein bisschen wie das Klingen von einem Dutzend kleiner Glöckchen klang, und einige flatterten um mich herum. Ich war in diesem Moment einfach zu glücklich, um mich darüber zu wundern.

»Na, dann ..., ich lausche.« Ihre Frage stellten sie vielstimmig: »Was macht dich lebendig?« erklang es wie ein Lied des feinsten Glockenspiels, das ich je gehört hatte.

»Oh, was für eine wundervolle Frage!«, rief ich begeistert. »Ihr macht mich gerade lebendig! Das hier macht mich lebendig! Diese Wiese, die Sonne, der blaue Himmel! Das Tanzen, das Wandern, dass ich hier bin und dass Schmetterlinge mit mir reden!« Ich schloss die Augen und legte mich mit ausgestreckten Armen auf die Wiese. Der Klang der Glöckchen tanzte flatternd durch mich, als würden die Schmetterlinge nun direkt in mir fliegen. Ich fühlte mich ganz leicht und dabei dennoch sicher getragen von der Erde, auf der ich lag, und ich war in diesem Moment in einer Weise glücklich, die ich verloren hatte. Einfach glücklich, ohne Wenn und Aber. So glücklich wie schon sehr lange nicht mehr. Ich wollte dieses Gefühl mit jeder Faser auskosten.

Wie lange ich so gelegen hatte, weiß ich nicht mehr. Als ich mich nach einer Weile wieder aufsetzte, waren keine Schmetterlinge mehr um mich herum. Es flogen zwar einige hier und da von einer Wildblume zur nächsten, aber nichts deutete mehr auf mein ganz besonderes Erlebnis mit ihnen hin.

Ich danke euch, dachte ich, *für euren Tanz und für diese Frage, mit der ich viel mehr anfangen kann als mit der Frage von den Fröschen.* Ich ließ sie weiter in mir nachklingen und spürte, wie Wehmut in mir aufstieg. Mir wurde klar, wie sehr mir Lebendigkeit in meinem Leben fehlte. Und das tat weh. Ich war vor allem eines: ein kontrollierter, funktionierender Mensch. Eine erfolgreiche Frau, die das schaffte, was sie sich vornahm. Ich hatte mein Leben im Griff, verdiente gutes Geld und ging meinen Weg. Aber lebendig war ich nicht.

Wann hatte ich das letzte Mal etwas gemacht, das nicht auf meinem Zeitplan stand? Etwas Unerwartetes, Spontanes, über das ich nicht erst gründlich nachgedacht hatte? Oder gar etwas Verrücktes? Wahrscheinlich hatte ich in meinem ganzen Leben nie etwas wirklich Verrücktes getan. *Vernunft war mein zweiter Vorname,* dachte ich und es machte mich traurig. Kam es nicht genau darauf an: Wirklich lebendig zu sein? War das nicht die Essenz des Lebens? Das zu fühlen, was ich hier gerade gefühlt hatte? Und ängstlich fragte ich mich, ob es möglich wäre, das oder wenigstens ein Stückchen davon mit in mein normales Leben zu nehmen. Was würde ich dafür tun müssen, es nicht wieder zu verlieren?

Ich schrieb die Frage in mein Notizbuch unter die Frage der Frösche und ein bisschen hoffte ich, mir damit selbst das Versprechen zu geben, das Thema Lebendigkeit nicht wieder zu verlieren.

Als ich am Abend in dem Zimmer der Pension war und meine recht müden Beine hochlegte, fiel mir auf, dass ich gestern meinen Rechner gar nicht angemacht hatte. Auch jetzt hatte ich weder Lust, in meine Mails zu schauen, noch im Netz zu surfen. Stattdessen legte ich mich flach auf das Bett, streckte meine Arme weit aus und dachte mich zurück auf die Wiese zu den Schmetterlingen. Die Lebendigkeit sprudelte in mir wie Kohlensäure und noch beim Einschlafen lächelte ich.

Was ist das einfache Sein?
Was macht dich lebendig?

Die Bäume

Tag 3

Nach einer unruhigen Nacht war mir an diesem Morgen das Aufstehen schwergefallen. Die Pension hatte an einer Durchfahrtstraße gelegen und die hellhörigen Wände und schlecht isolierten Fenster hatten die Geräusche der Autos und LKWs mehr als präsent sein lassen. Die ganze schöne Leichtigkeit von den Erlebnissen auf der Schmetterlingswiese, die ich gestern Abend immer wieder hatte in mir aufleben lassen können, war verschwunden. Meine Beine schmerzten und die Aussicht, auch heute wieder stundenlang laufen zu müssen, trug nicht gerade zu meiner Erheiterung bei. Kurz und gut: Ich war richtig schlecht gelaunt.

Das Frühstück war ziemlich überschaubar und Appetit hatte ich auch keinen. So war ich schnell fertig, was sicher gut war, denn ich wollte früh los, um nicht in Zeitnot zu geraten. Mir war klar, dass ich heute eher langsam unterwegs sein würde. Mit meinem Lunchpaket im Tagesrucksack und mit murrenden Füßen und gedämpfter Stimmung machte ich mich auf den Weg. Eine ganze Weile lief ich, ohne groß nachzudenken. Ich nahm auch nicht viel von der Landschaft um mich herum wahr. Ich lief automatisch, ein bisschen wie ferngesteuert. Es ging die meiste Zeit bergauf, was mich eher langsam vorankommen ließ, aber es ging mir auch nicht ums Tempo. Ich wusste, ich würde die Strecke bis zum Nachmittag hinter mich gebracht haben, und ob ich nun eine Stunde länger brauchte oder nicht, war letztlich vollkommen egal.

Zeit verlor sich auf dieser Wanderung eh zu einer nichtssagenden Maßeinheit, die kaum Bedeutung hatte. Viel wichtiger als Zeit waren Richtung und Umstände. Eine falsche Richtung oder ein Unwetter würden die Wanderung ganz entscheidend beeinflussen, während Minuten oder Stunden nur am Rande interessierten. Das war eine seltsam ungewohnte Erfahrung für mich als Uhr-Mensch. Mein Tag war in der Regel von morgens bis abends durchgetaktet. Das begann mit dem Weckerklingeln und hörte erst beim Zubettgehen auf. Die Wirbelsäule meines Lebens war mein Terminplaner, ein großformatiger Kalender, in dem ich für jeden Tag ordentliche Checklisten führte, die ich nach und nach abarbeitete. So stellte ich sicher, dass ich alle anstehenden Aufgaben erledigen würde, dass ich keine Zusagen machte, wenn ich keine Zeit hatte, und dass ich immer pünktlich zu Verabredungen und Terminen erscheinen würde. Ich hatte schon oft gedacht, dass mein Leben wahrscheinlich in sich zusammenstürzen würde, wenn ich auf meinen Planer verzichten müsste. Doch nun erlebte ich Tage, die irgendwie aus der Zeit fielen, denn Zeit machte kaum Sinn hier. Die einzigen Fixpunkte waren das Frühstück und die Vorgabe, auf jeden Fall im Hellen bei der nächsten Unterkunft anzukommen. Da aber dort niemand wirklich auf mich wartete, hatte ich es auch nicht eilig, hinzukommen. Die Strecken waren so festgelegt, dass man, selbst wenn man sich viel Zeit ließ, in jedem Fall rechtzeitig zum Abendessen ankommen würde, und ich erlaubte mir hier den für mich so unbekannten Luxus des Trödelns. Und es gefiel mir!

Nach einem dann angenehm sanften Abstieg führte mich der Weg auf einer weiten Kurve entlang, bis sich vor mir ein kleines Tal öffnete. Gut geschützt inmitten der Bergketten, die es fast umschlossen, wirkte es einladend und sicher. Ich merkte, wie müde ich war und wie erschöpft. Meine Füße schmerzten nach wie vor und der Weg war beschwerlich für mich gewesen, da ich ja eh mit einer geringen Grundenergie gestartet war. Da war dieses Tal eine wundervolle Einladung, einen schönen Platz für die müden Knochen zu finden, und etwas zur Ruhe zu kommen.

Es standen auffällig viele alte und große Bäume auf den Wiesen und am Bach entlang, der durch das Tal mäanderte. Am Wasser wuchsen wieder Trauerweiden, auf den Wiesen waren es Eichen, Linden und Rotbuchen. Die Flächen schienen hier kaum landwirtschaftlich genutzt zu werden, so dass die Bäume niemanden störten. Hier und da weideten einige Schafe. Ich folgte dem Weg noch ein Weilchen, bis ich ein besonders beschauliches Plätzchen für meine Rast fand: Drei große Eichen standen in einer Gruppe zusammen. Davor war das Gras kurz geweidet, genau richtig, um meine Decke dort auszubreiten. Als hätte es noch einen letzten Grund für eine Rast gebraucht, kam auch die Sonne heraus, und so nahm ich den Rucksack ab, holte meine Decke heraus, zog meine Schuhe aus und legte mich dann mit einem erleichterten Seufzen auf den Boden. Es tat so gut, mein Gewicht wieder dem Boden unter mir anzuvertrauen und mich von ihm tragen zu lassen. Die Temperatur war perfekt im Schatten der Bäume und ich nickte fast auf der Stelle ein.

Geweckt wurde ich von einem Wispern und Flüstern. Man hätte es für den Wind in den Blättern der Bäume halten können, aber bei genauem Hinhören waren Worte zu hören. Es waren seltsam langgezogene Worte mit einem ganz eigentümlichen Klang. Ich brauchte einen Moment, um zu begreifen, was da geschah: Es waren die Eichen, die sich miteinander unterhielten! Wirklich wunderte ich mich eigentlich nicht darüber, es schien für diese Wanderung vollkommen normal zu sein, dass seltsame und ungewöhnliche Dinge passierten, warum sollten dann nicht auch Bäume reden können?

»Schön, mal wieder ein Wanderlein zu sehen«, sagte der eine und es dauerte eine Weile, bis er den Satz ganz ausgesprochen hatte. Es war, als würden sie in einer ganz anderen Geschwindigkeit sprechen, als ich es gewohnt war. Ein bisschen wie in Zeitlupe, aber auch nicht ganz, weil es nicht verzerrt klang, nur langsamer.

»Jetzt gibt es fast nur noch Schafe.« Es folgte eine Pause, in der tatsächlich nur das Laub raschelte. Darin eingewoben sprach dann eine andere Eiche. »Ja, die Wanderlein sind selten geworden.« Wieder eine Pause und eine dritte Stimme webte sich in das Laubrauschen. »Dabei ist es immer nett, wenn sie sich hier niederlassen.« Pause, Rauschen. Es bewirkte etwas ganz Merkwürdiges in meinem Kopf, den Bäumen zuzuhören. Wie Denken in Gelee fühlte es sich an.

»Es sind putzige Dinger, diese Wanderleins.«

»Manche sind so unruhig, dass sie gleich wieder loslaufen, bevor sie überhaupt angekommen sind.«

»Dieses aber scheint müde zu sein.«

»Gut, dass es hierhergefunden hat.«

»Ja, hier kann es ruhen.«

»Ich glaube, es ist ein Weibchen.«

»Ach so?«

Ich hatte die ganze Zeit die Augen geschlossen gehalten, weil ich fürchtete, sie würden aufhören, miteinander zu sprechen, wenn sie merkten, dass ich wach bin. Aber jetzt hielt ich es nicht mehr aus – ich wollte sie unbedingt sehen, die sprechenden Bäume. Und was ich sah, als ich die Augen öffnete, war ein überaus kurioser Anblick, denn es schien, als beugten sich die mächtigen, knorrigen Eichen zu mir herunter, genau wie es Großmütter tun würden, um ihr Enkelkind im Kinderwagen sehen zu können.

»Ach, schau mal, es ist wach geworden.« Die Pausen waren offenbar ganz normaler Teil des Gesprächs. Vielleicht holten die Eichen im übertragenen Sinne Atem zum Sprechen oder es gehörte einfach zu dem ihnen offenbar ganz eigenen Sprechtempo und -rhythmus.

»Oh, ja.«

»Drollig.«

»Hallo«, sagte ich, ebenfalls eine Pause abwartend.

»Hallo, Wanderlein«, antworteten die Eichen zusammen.

»Ich wusste nicht, dass ihr sprechen könnt.«

»Warum sollten wir das denn nicht können?«

»Eine gute Frage«, gab ich zu.

»Ihr hört nur nie zu.«

»Weil ihr immer schon weiter seid.«

»Ja, das stimmt wohl«, sagte ich mehr zu mir als zu den Bäumen. Hier unter den Eichen zu liegen und mit ihnen zu sprechen, fühlte sich an, als würde ich in den Armen des Lebens liegen. Geborgen und gehalten in einer Hängematte aus Zeit. Dann fragte ich die Bäume: »Habt ihr vielleicht eine Frage für mich?« Und ich war mir ziemlich sicher, dass es so war. Es dauerte wieder eine Weile, bis ich ihre Stimmen vernehmen konnte. Alle drei sagten zusammen: »Ja, wir haben eine Frage für dich.« Wieder folgte eine Pause und es fiel mir gar nicht schwer, einfach nur zu warten, bis sie wieder sprechen würden.

»Unsere Frage lautet: Was sind deine Wurzeln?« Die Worte kamen wie von weit her in mein Bewusstsein. Vordergründig dachte ich, dass sie wohl naheliegend gewesen war, aber in der Tiefe wusste ich, dass ich allein nie auf diese Frage gekommen wäre. Ich hatte bisher noch nie über meine Wurzeln nachgedacht. Wurzeln gehörten für mich in die Pflanzenwelt. *Und doch,* dachte ich, *bin ich sehr bodenständig.*

Nach einer Weile sagte ich: »Das ist eine sehr interessante und tiefe Frage, ich danke euch.«

»Bleib doch noch ein bisschen«, sagte eine der Eichen. So blieb ich noch liegen und spürte in mich, ob ich eine Antwort finden würde auf die Frage nach meinen Wurzeln. Doch es formten sich keine Worte.

Nach einer Weile wurde ich unruhig. Ich hatte keine Ahnung, wie lange ich nun schon hier Rast machte.

»Es macht sich auf, das Wanderlein«, vernahm ich die Worte eines Baumes.

»Ja, ich werde nun weitergehen«, sagte ich und stand so langsam auf, wie es mir möglich war. Ich verneigte mich zum Abschied vor den Eichen und bedankte mich noch einmal. Sie schickten mir ein vielstimmig raschelndes *»Leb wohl!«* hinterher, das noch lange in mir und durch mich hindurch klang.

Den Rest des Weges für diesen Tag dachte ich über meine Wurzeln nach. Hatte ich wirklich welche? Hat sie nicht jeder? Aber was genau sind Wurzeln für uns Menschen? Man konnte irgendwo Wurzeln schlagen, wenn man ein Zuhause fand, oder nicht? Waren unsere Wurzeln dann so etwas wie Heimat? Es heißt doch immer, dass es für ältere Menschen schwer ist, wenn sie umziehen müssen, nach dem Motto: *»Einen alten Baum verpflanzt man nicht.«* War das mit Wurzeln gemeint?

Ich selbst war nicht oft umgezogen, im Gegensatz zu vielen anderen. Judith hatte zum Beispiel schon an vielen verschiedenen Orten in Deutschland gewohnt und sogar eine längere Zeit im Ausland verbracht. Es war zu erwarten, dass sie bald wieder weiterziehen würde, ein Gedanke, der mich traurig machte, denn ich wollte sie nicht verlieren.

Machte uns das Wurzelnschlagen nicht auch unflexibel? Ich zumindest empfand mich in diesem Moment als sehr unflexibel. Wurzeln gaben *Halt,* dachte ich, *aber sie konnten auch eine Bremse sein im Leben.* So ein Baum kann niemals woandershin, nicht wahr? Oder war mit Wurzeln vielleicht doch noch etwas ganz anderes gemeint? Die Bäume hatten nicht gefragt, *wo* meine Wurzeln waren, sondern *was*. Wurzeln, das konnte auch die eigene Familie sein, das, woher wir stammten. Oder vielleicht das, woran wir glaubten? Überzeugungen? Glaubenssätze? Religionen? Und wie war es mit Gewohnheiten und Mustern? Mit lieb gewonnenen Marotten? Und, ja, wie war es mit Beziehungen und Freundschaften? Auch das waren Wurzeln, die uns Halt und Geborgenheit im Leben geben konnten.

Ich dachte daran, wie gehalten ich mich unter den Bäumen gefühlt hatte. Fühlte ich mich auch in meinem Leben geborgen? Fühlte ich mich von meinen Wurzeln genährt und gestärkt? Wenn ich ehrlich war, zweifelte ich da gerade sehr. Eher empfand ich das Leben, das ich mir gebaut hatte, als eine Art Käfig.

Über die Frage nachzudenken, war nicht einfach. Ich war noch ganz erfüllt von dem guten Gefühl auf der Wiese, diesem Getragen-Sein und Gehalten-Werden und ich fühlte die Kraft der Baumwesen in mir pulsieren. An mein normales Leben zu denken, raubte mir dagegen sofort Energie und fühlte sich an, als hätte ich Splitter in der Seelenhaut. Ich würde noch einiges über meine Wurzeln nachzudenken haben, denn, so ahnte ich, wahrscheinlich hatte ich bisher nicht gewusst, wie wichtig sie sind.

Einige Zeit später kam ich müde in der Pension an. Meine Stimmung war zwar besser als am Tagesstart, aber ich war erschöpft und hungrig. Nach dem Essen schaltete ich den Rechner an, ich dachte, ich müsste wenigstens die E-Mails checken, obwohl ich eigentlich keinerlei Lust darauf hatte. Keine davon war so wichtig, dass ich sie sofort hätte beantworten müssen. Also schaltete ich den Rechner gleich wieder aus. Ich konnte mich nicht daran erinnern, wann ich das letzte Mal so wenig vor der Maschine gesessen hatte. Auch mein Handy interessierte mich so gut wie nicht. Seltsamerweise bekam ich auch kaum Nachrichten, wahrscheinlich weil mich keiner stören wollte. Judith und Merle schrieben normalerweise sehr viel mit mir über *WhatsApp* und auch von Lutz bekam ich immer viele Nachrichten. Andi schrieb nie viel, nun aber schrieb er gar nicht. Und ich auch nicht.

Stattdessen notierte ich die Frage der Bäume am Abend in mein Notizbuch, löschte das Licht und schlief früh ein.

Was ist das einfache Sein?
Was macht dich lebendig?
Was sind deine Wurzeln?

Die Berge
Tag 4

In dieser Nacht schlief ich gut und tief, ohne Träume und ohne Störungen. Inzwischen erwachte ich morgens schon vor dem Wecker, mein System hatte sich auf den neuen Rhythmus eingestellt. Wie jeden Morgen packte ich nach der Dusche meine Sachen zusammen. Dann noch ein Kontrollblick durch das kleine Zimmer, ob etwas liegen geblieben war, bevor ich mein Gepäck hinunter zur Rezeption trug.

Im Frühstücksraum war ich heute allein. In den letzten Pensionen waren immer schon andere unten gewesen. Ich schaute noch einmal auf die Uhr, um zu überprüfen, ob ich vielleicht zu früh dran war, aber nein, ich war ziemlich genau um dieselbe Zeit zum Frühstücken gegangen wie die Tage zuvor.

Ich las mir die Infos zur Etappe für diesen Tag durch. Es stand ein ordentlicher Aufstieg an, fast 1 000 Höhenmeter. Das würde anstrengend werden. Aber im Gegensatz zu gestern fühlte ich mich heute viel fitter. Es war interessant zu erleben, wie stark die eigene Stimmung die körperliche Befindlichkeit beeinflusste und umgekehrt. Bisher hatte ich meinen Körper eher als Werkzeug gesehen, von dem ich erwartete, dass er funktionierte. Auf dieser Wanderung lernte ich ihn mehr und mehr als Partner kennen. Ich musste auf ihn aufpassen und dafür sorgen, dass es ihm gut ging, sonst würde er den Dienst quittieren und die Wanderung wäre zu Ende. Und das wollte ich inzwischen auf keinen Fall! Ich wollte alle neun Tage durchhalten.

Mein Lunchpaket bereitete ich mir heute mit viel Fürsorge zu, fast so, als würde ich es für ein Kind oder einen Partner packen. Ja, ich stellte fest, dass ich hier viel besser mit mir selbst umging, als ich es daheim tat. Wie gut wäre es, wenn ich mir das bewahren könnte. Ich gönnte mir noch eine weitere Tasse Kaffee, bevor ich aufbrach.

Der Weg führte schon nach kurzer Zeit ziemlich steil bergan und ich kam ins Schwitzen. Ich dachte an die Bäume von gestern und ihre so eigentümliche Sprechweise und es war, als würden tief in mir die Worte klingen: *»Langsam, aber stetig!«* Das war ein Satz, der mir nun so überhaupt nicht entsprach, denn ich war vor allem eines: Ich war schnell. Ich wollte immer schnell anfangen, schnell durchziehen und schnell abschließen. Geduld fiel mir unglaublich schwer. Aber Schnelligkeit brachte mich hier sofort außer Atem. Ich erlaubte mir also ganz bewusst ein langsameres Tempo. Schritt für Schritt ging ich weiter und weiter hinauf. Meine Oberschenkel protestierten und ich fluchte auf die Strecke, die viel zu schwierig für jemanden wie mich war. Nach einer Weile hörte ich auf zu hadern und konzentrierte mich immer mehr darauf, die einzelnen Schritte ineinanderfließen zu lassen, so als würde ich eine große, ununterbrochene Bewegung machen und nicht mehr viele kleine.

Auch dachte ich wieder über die Frage nach den Wurzeln nach und damit an meine Eltern. Vielleicht wurde mir erst hier, wo ich allein durch die Berge lief, bewusst, wie weit wir uns voneinander entfernt hatten. Beide waren Lehrer am Gymnasium gewesen, sie hatten sich im Studium kennen gelernt und hatten geheiratet, als meine Mutter mit mir schwanger geworden war. Ich weiß bis heute nicht, was ihre Beziehung zusammenhielt, denn Liebe konnte es aus meiner Sicht kaum sein. Zumindest wollte ich, dass Liebe anders aussah als das, was meine Eltern lebten. Mein Vater hatte Deutsch und Geschichte unterrichtet, meine Mutter Deutsch und Englisch. Sie war recht schnell nach meiner Geburt wieder zur Arbeit gegangen, was möglich gewesen war, weil mich meine Tante betreut hatte. Und da ich nach und nach immer öfter und länger bei Inge und Lutz blieb, war Lutz zu meinem zweiten Vater geworden.

Meine Eltern zeichnete vor allem eines aus: Gefasstheit. Ich habe keinen von beiden je laut werden hören. Egal, was ich anstellte, um sie aus der Reserve zu locken, nie gerieten sie außer sich und so gab ich recht früh auf, sie reizen zu wollen, sondern übernahm die Gefasstheit als Richtlinie. Selbstkontrolle über alles. Manchmal hatte ich mir als Kind vorgestellt, dass meine Eltern gar keine richtigen Menschen waren, sondern Roboter. Dass wir Teil eines Experiments gewesen waren, in dem Forscher herausfinden wollten, ob Roboter Kinder aufziehen können. Irgendwann würde jemand bei uns klingeln und alles würde sich aufklären. Aber es kam nie jemand.

Wie gut war es für mich gewesen, dass ich einen Ausgleich in der Familie meines Onkels fand. Weniger durch Lutz selbst, der meinem Vater schon recht ähnlich war, dabei aber doch ein ganzes Stück herzlicher. Vor allem war es seine Frau Inge und meine Cousins Max und Tim, die mir zeigten, dass es mehr gab im Leben als glatte Fassaden. Ich hätte mir keinen lebendigeren, quirligeren und lustigeren Menschen als Inge vorstellen können. Sie war klein und rund und trug ihre lockigen Haare oft in ungewöhnlichen Frisuren. Sie färbte sich die Haare oder band sie mit bunten Tüchern hoch. Es konnte auch sein, dass sie am Morgen mit einer kunstvollen Flechtfrisur das Haus verlassen hatte, um sich am Nachmittag ohne Vorwarnung mit einem raspelkurzen Haarschnitt zu präsentieren, nur um sie dann wieder lang wachsen zu lassen. Und so war sie in sehr vielem. Inges Wechselhaftigkeit holte mich jedes Mal sehr wirkungsvoll aus der Starre, die ich natürlicherweise mitbrachte, wenn ich von zu Hause kam. Bei uns herrschte ein kühler und steifer Grundton, in Inges Haushalt wurde gelacht und getobt. Max und Tim waren tatsächlich wie Max und Moritz, so viel Blödsinn, wie die beiden angestellt hatten, hätte man über sie noch deutlich dickere Bücher schreiben können.

Als Tim bei einem schrecklichen Autounfall ums Leben kam, drohte Inge daran zu zerbrechen. Für Monate war sie nicht ansprechbar und zog sich komplett in sich zurück. Sie war für niemanden erreichbar, was besonders für Max schwer war. Ich war zu diesem Zeitpunkt schon zu alt für eine Dauerbetreuung und viel mit meinen Freunden unterwegs. Doch wann immer ich in dieser Zeit in das Haus kam, war ich erschüttert über den Wandel, der durch Schicksalsschläge möglich ist. Und da dachte ich, dass Selbstkontrolle schon auch etwas Gutes ist, und schnitt mich selbst ab von dem Schmerz, der auch mich immer wieder erfasste, wenn ich an Tim dachte.

Irgendwann brachte Lutz Inge in eine Klinik. Dort blieb sie eine lange Zeit. Als sie wiederkam, blitzte hier und da noch die Inge hervor, die ich gekannt hatte, aber sie wurde nie wieder die Alte. Einige Jahre später erkrankte sie an Krebs, den sie fast willkommen zu heißen schien, denn sie kämpfte nicht, sondern ließ sich einfach auffressen von ihm. *Warum,* dachte ich jetzt, *hatte sie keine Kraft zum Kämpfen gehabt?* Warum hatte sie aufgegeben? Nach Inges Tod verbrachte ich viel Zeit mit Lutz. In dieser Phase konnte ich ihm einiges von dem zurückgeben, was ich durch seine Familie erhalten hatte. Ich hatte inzwischen mein Studium begonnen und arbeitete schon in dieser Zeit für seine Redaktion. So war mein beruflicher Weg bereits vorgezeichnet.

Wie viel mehr es doch über Lutz und Inge zu erzählen gab als über meine eigenen Eltern, dachte ich bei mir. Wenn ich ehrlich war, wusste ich inzwischen kaum noch etwas über sie. Sie waren nach ihrer Pensionierung weggezogen. Hatten sich ein Haus an der Ostsee gekauft und lebten dort sehr zurückgezogen. Wir telefonierten vielleicht drei-, viermal im Jahr und hatten uns nie viel zu sagen. Zu Weihnachten besuchte ich sie und das war auch immer ganz nett. Aber letztlich waren wir alle drei froh, wenn die Feiertage vorüber waren und jeder in sein eigenes Leben zurückkonnte. Ich fragte mich, ob sie mir eigentlich je fehlten, meine Eltern. Oder ich ihnen.

Endlich, und ich hatte keine Vorstellung davon, wie lange der Aufstieg tatsächlich gedauert hatte, wurde der Weg wieder ebener. Es ging noch ein Stück weiter, bis sich die Bäume lichteten und ein Anblick auf mich wartete, den ich mir schöner nicht hätte wünschen können. Vor mir lag eine recht breite Ebene. Auf der rechten Seite stieg der Berg weiter an, aber nach links hin konnte ich weit, ganz weit hinaus schauen über tiefer liegende Berge und Täler. Ich blieb stehen und schaute eine ganze Weile in die Ferne. Wie eine Königin fühlte ich mich hier oben und vor mir lag mein Reich. Es gehörte mir nicht für immer, das wusste ich natürlich, aber für diesen Moment war das alles meins. Ich hatte es mir erarbeitet, mit meinem Körper und meinem Willen. Ich war hier.

Während ich dort stand, wurde mir bewusst, dass ich etwas wahrnahm, das zuvor nicht wahrnehmbar gewesen war. Es war keine Stimme, es waren keine Worte und doch sprach etwas zu mir. Was war es? Ich brauchte noch eine Weile, bis ich verstand, dass ich die Stimme der Berge vernahm. Obwohl es keine Worte waren, mit denen sie mit mir sprachen, sondern sie taten es in einer Form von Energie. Ich konnte ihre Frage mehr fühlen als hören, denn sie umgab mich so, wie sie mich gleichzeitig durchströmte. Und die Frage der Berge lautete: *»Woher kommt deine Kraft?«* Es war eine mächtige Frage, die Frage nach meiner Kraft, und es war ein vertrautes Thema für mich. Ich hatte schon früh begriffen, wie wichtig Kraft war, und ich war immer stolz darauf gewesen, sehr viel Kraft mobilisieren zu können, wenn es darum ging, Leistungen zu erfüllen. Je anstrengender eine Aufgabe, desto mehr Kraft würde ich finden, um sie zu erledigen. Hin und wieder waren mir Zweifel gekommen, ob ich so weitermachen sollte oder nicht auch mal dafür sorgen müsste, meine Batterien wieder aufzutanken, aber immer wenn ich neue Kraft brauchte, war sie da.

Und woher kam sie, meine Kraft? Ich hatte immer meinen Willen als Kraftquelle gesehen. Wenn ich etwas wirklich wollte, konnte ich sehr stark sein. Meine Willenskraft war das, was mich zu großen Teilen durchs Leben trieb. Aber hin und wieder hatte ich auch ein Zweifeln in mir wahrgenommen, eine Ahnung, dass mein Wille nicht das Maß aller Dinge sein durfte, sondern dass es auch anderes im Leben geben musste als mein so starkes Bedürfnis, alles im Griff und unter Kontrolle zu haben.

Ja, es gab noch ganz andere Formen von Kraft. Die Kraft, die ich hier fühlte, war eine solche. Es war so viel da von ihr, in diesem Moment – die Kraft der Berge, der Natur und des Lebens. Und es gab noch ganz andere Kraftquellen – Hoffnung, Liebe, Vertrauen, Kraftquellen, die ich kaum nutzte, weil ich glaubte, mich nur auf mich selbst verlassen zu können. Es war immer mein eiserner Wille, der mich auch durch schwierige Zeiten geführt hatte. Der mich allerdings auch hart gemacht hatte, denn stark zu sein, war für mich verbunden mit hart zu sein. Hart, weil ich nicht verletzt werden wollte. Hart, weil mir Fühlen Angst machte. Hart, weil ich mir geschworen hatte, nie aufzugeben, so wie Inge aufgegeben hatte.

Hier in den Bergen fühlte ich mich nun stark, ohne hart zu sein. Immer mehr an Gefühlen ließ ich zu, mit jedem Tag und jeder Frage kam mehr in mir in Bewegung. Ich wurde weicher und durchlässiger und das war unerhört neu und anders als das, was ich von mir selbst gewohnt war. Dieses Neue machte mir Angst, aber größer noch war die Sehnsucht nach dem Fühlen und der Kraft, die daraus entstand.

Woher kam die Kraft, die hier an diesem Ort war? War sie immer da? Musste man nur hier hinauflaufen und würde sie spüren können? War sie auch anderswo verfügbar? Wie konnte ich sie dann spüren, wenn ich sie brauchte? Ich wollte sie so gerne mitnehmen in meinen Alltag.

Für eine Weile stand ich noch dort oben an diesem einzigartigen Kraftort und versuchte mir jedes Detail dieser Szenerie einzuprägen. Ich wollte mich später daran erinnern können. Ich wollte diese Art Kraft nie wieder verlieren.

Dann machte ich mich wieder auf den Weg.

Was ist das einfache Sein?
Was macht dich lebendig?
Was sind deine Wurzeln?
Woher kommt deine Kraft?

Der Wind

Tag 5

In dieser Nacht hatte ich schlimme Träume. Ich träumte von Bergen und Erdbeben und gewaltigen Gewittern. An einer Stelle drohte ich in die Tiefe zu stürzen und im Fallen erwachte ich mit einem heftig schlagenden Herzen und Panik. Es dauerte einen Moment, bis ich wusste, wo ich eigentlich war. Draußen krähte ein Hahn in der anbrechenden Dämmerung. Ich schloss die Augen und schlief noch einmal ein, bis ich kurz vor dem Klingeln des Weckers erwachte. Wieder hatte ich geträumt, dieses Mal vom Meer und von hohen Wellen, die über meinem Kopf zusammenschlugen.

Erholsam ist etwas anderes, dachte ich bei mir und stellte mich unter die Dusche. Ich versuchte, mich an das Kraftgefühl vom gestrigen Tag zu erinnern und mir vorzustellen, dass ich unter einer Art Kraftdusche stand, aber das wollte mir nicht gelingen. Würde ich das Gefühl von Kraft, das ich gestern erleben durfte, wiederfinden können? Wie und wo? Woher kam diese Kraft, die ich zu meiner machen wollte? Darüber dachte ich beim Frühstück nach.

An diesem Morgen nun war es windig. Nicht nur windig, es war stürmisch. *Das passt ja zu meinen Träumen,* dachte ich. Aber wenigstens regnete es nicht, denn meinen Schirm würde ich heute nicht aufspannen können. Ich machte mich auf und hatte die Hoffnung, dass mein Weg mich durch eher geschützte Gegenden führen würde. Das aber war nur bedingt der Fall. Hin und wieder konnte ich mich zwar ein bisschen hinter Hügeln oder in einem Wäldchen vor den Böen verstecken, aber ich war auch viel auf Wiesen und Feldwegen unterwegs, auf denen der Sturm all das, was lose war, vor sich hertrieb – Laub, vertrocknete Äste, Blätter, Staub und Sand. Immer wieder musste ich mich gegen den Wind stellen und ein bisschen schien es mir, als würde er meine Kraft herausfordern und als wäre er damit eine Fortsetzung dessen, was ich gestern erlebt hatte.

Der Wind konnte den Bergen nichts anhaben. Das harte Gestein war ein guter Schutzwall. Aber die Kraft, die dort oben durch mich geflossen war, war eben gerade keine harte Kraft gewesen, sondern eine ganz weiche. War sie es, die die Berge schützte? Würde sie mich auch gegen den Sturm schützen können? Ich war gerade dabei, mein Halstuch neu umzubinden, als es wie von unsichtbaren Händen ergriffen wurde. Der Wind zerrte regelrecht daran.

»Hey, das ist meins!«, rief ich. Und es war, als hallte das letzte Wort meines Satzes hundertfach nach. *»… meins … meins … meins …«* Ich knotete die Enden fest um meinen Hals. Der Wind griff nach meinem Rucksack, der neben mir stand, und warf ihn um. Er zerrte an meiner Jacke, meinen Hosenbeinen und an meinen Haaren. Ich hatte mehr und mehr das Gefühl, mit einem lebendigen Wesen zu kämpfen, denn je mehr ich versuchte, meine Sachen bei mir zu behalten, desto mehr schien er an allem zu reißen.

»Was willst du?«, brüllte ich ihn an. »Wenn du eine Frage für mich hast, dann stell sie, aber hör auf, an mir herumzuzerren.« *Du redest hier gerade mit dem Wind, Elli,* dachte ich bei mir. Aber darauf kam es irgendwie auch nicht mehr an. Statt einer Antwort (oder besser gesagt statt einer Frage) drehte der Wind noch mehr auf. Es wurde wirklich unangenehm. In Windrichtung konnte ich kaum noch atmen, also drehte ich mich um. Dabei musste ich aufpassen, nicht umgepustet zu werden, denn der Wind drückte so stark, dass es wirklich nicht mehr leicht war, überhaupt zu stehen.

Sollte ich Schutz suchen? Aber wo würde ich diesen finden? Unter Bäumen zu stehen, wäre eine denkbar schlechte Idee, denn abstürzende Äste konnten tödlich sein. Einen Unterstand gab es weit und breit nicht. Auch keine Höhle. Es blieb also dabei: der Wind und ich. Und während ich mich gegen den Sturm stemmte und versuchte, stark zu sein, auf diese mir so bekannte, trotzige, kämpferische Art stark zu sein, kam mir eine Idee. Eine ziemlich kuriose Idee, wie es mir schien, aber ich gab dem Impuls nach. Ich ging in die Knie, legte mich flach auf den Rücken, presste meine Arme und Beine gegen den Boden und schloss die Augen.

Nun nahm ich den Wind ganz anders wahr. Er zog über mich hinweg, doch er meinte nicht mehr mich. Da ich ihm nicht mehr im Weg stand, spielte er sein Spiel nun mit anderem und zerrte an Büschen und Ästen und wirbelte herum, was keinen Halt hatte. Ich blieb liegen und atmete tief und ruhig. Nach und nach spürte ich in jeden Winkel meines Körpers – meine Fingerspitzen und Zehen, meine Arme und Beine, meinen Kopf, meinen Hals und Brustkorb. Ich lag auf dem Boden und fühlte mich so groß und schwer wie ein menschlicher Wal. Allerdings war ich nicht gestrandet, sondern ich ruhte. Der Wind konnte mir nichts mehr anhaben, ich war in mir. Was an Äußerem noch flatterte, betraf mich nicht mehr. Ich war hier. Ich war in mir. Ich war *ich*.

Ich verwuchs mit dem Boden und wurde zu einem Teil der Erde. Jahrhunderte- und jahrtausendelang würde ich so liegen können, wie heftig auch immer die Stürme sein würden. Ich tauchte für diesen Moment in die Ewigkeit und spürte, was es hieß, Wurzeln zu haben. Dann hörte ich den Wind ganz sanft, ganz sanft, in mein Ohr flüstern: »Was hältst du fest?« Die Frage erreichte mich aus großer Ferne und führte mich gleichsam zurück in meinen Körper und mein Bewusstsein. Es gab so vieles, das ich festhielt. Ich war noch nie gut im Loslassen gewesen, denn Loslassen war für mich gleichbedeutend mit Unsicherheit. Nur was ich festhielt, schien mir sicher zu sein. Nur was ich im Griff hatte, hatte ich auch unter Kontrolle. Natürlich hatte ich viele Psycho-Ratgeber und Artikel gelesen über das Loslassen – ob es nun um Gerümpel ging, um Beziehungen, die uns nicht guttaten oder um begrenzende Glaubenssätze, alles sollten wir loslassen, denn nur so würden wir glücklich werden. Wie genau man das aber machte, dieses Loslassen, das stand nirgendwo. Und wie sollte man mit der Angst umgehen, die die Hände reflexartig zu Fäusten schließen ließ, wenn man etwas zu verlieren drohte?

Ich war eine Expertin im Festhalten geworden und ahnte nun, während ich hier im Sturm flach auf dem Boden lag, dass mich die Kraft, die aus meinen geschlossenen Fäusten heraus entstand, hart machte. Dass es mein unbedingter Wille, nur nichts zu verlieren, war, der mich so hart machte. Und ich verstand, dass mein Festhalten nur bis zu einer gewissen Windstärke des Lebens reichen würde. In einem echten Lebenssturm würde ich nichts halten können, wahrscheinlich nicht einmal mich selbst …

Der Wind hier machte mir eine Sache klar, die ich nie sehen wollte: Nämlich, dass uns eigentlich nichts wirklich gehörte. Dass die Vorstellung, etwas sei unser, menschengemacht ist, geboren aus einer kindlichen Verlustangst heraus. In der Natur gab es nichts, was uns gehörte, und wenn das Leben uns etwas nahm, dann konnten wir uns zwar verzweifelt dagegen wehren, aber letztlich würde es gewinnen. Das Leben war so viel stärker als wir. Was nützte all der Kampf, wenn es doch vielleicht anstand, sich fallen zu lassen und dem Boden zu vertrauen, der einen sicher trägt, bis der Sturm vorüber ist? Ich weinte bei diesen Gedanken. Weinte Tränen, die ich schon mit sieben Jahren geweint hatte, als mir das erste Mal bewusst geworden war, dass nichts wirklich bleibt. Dass Häuser abgerissen, Bäume gefällt werden, dass Tiere und Menschen sterben und dass auch ich selbst irgendwann nicht mehr sein werde. Meine Eltern hatten mir damals in meinem Weltschmerz die Botschaft vermittelt, dass ich mich damit abfinden müsse, weil das der Lauf der Dinge sei. Ich hatte mich aber nicht abfinden wollen. Stattdessen hatte ich beschlossen, dass ich dafür sorgen würde, möglichst wenig in meinem Leben zu verlieren.

Wieder musste ich an die Berge denken. Wie passte das Loslassen mit dem Gestein-Sein zusammen? Ich hatte mich oft steinern werden lassen, hatte nicht fühlen wollen. Ich hatte mich nicht bewegen müssen, sondern wollte in jedem Fall stehen bleiben, wo ich war. Unverrückbar. Aber ich war kein Berg, sondern ein lebendiges Wesen. Und das war der entscheidende Unterschied.

Ich dachte an die Schmetterlinge und ihren Tanz. Wie oft hatte ich mich gefragt, wie Schmetterlinge es wohl schafften, von Windböen nicht einfach zu Boden gedrückt zu werden. Vielleicht weil sie den Wind nutzen, um schneller zu fliegen? Weil sie die Böen surfen können, ohne hartes Surfbrett, dafür aber mit ihren Flügeln und ihrer Schmetterlingsseele, die sicher zu den beweglichsten auf der Welt gehört? Das Leben ist nie statisch. Leben stemmt sich nie gegen Veränderungen. Leben ist in ständiger Bewegung. Leben lässt sich niederwerfen und steht wieder auf. Leben gibt nach, rennt mit oder duckt sich. Leben lässt sich aber auch weit tragen und herumwirbeln. Das Leben tanzt im Wind genauso wie im Sonnenschein. Für das Leben bringt Stillstand den Tod. *Keine Angst vor Bewegung,* sage ich mir, ganz liebevoll. Und ich konnte mich selbst hören, denn es war ruhig geworden um mich herum. Der Wind hatte nachgelassen.

Ich richtete mich auf und schaute mich um. Um mich herum lagen Äste verstreut. Entrissenes und Losgelassenes. Es fiel mir schwer, diesen

Anblick nicht schlimm zu finden und es nicht als Verlust zu sehen. All das nicht mit einer Wertung zu versehen, war ungewohnt, denn normalerweise grenzte ich mich gegen alles, was ich nicht wollte, klar ab. Loslassen würde für mich noch ein großes Thema sein, das fühlte ich deutlich.

Ich stand auf, um weiterzugehen. Es lag noch ein ordentliches Stück Weg vor mir. Ich war müde und erschöpft, traurig und verwirrt. Das Thema Loslassen zerrte an meinen Gedanken wie zuvor der Wind, aber fürs Erste wollte ich nicht weiter denken, nicht tiefer in mich dringen. Ich konzentrierte mich auf den Weg und die Schritte und versuchte, meinen Kopf ganz leer werden zu lassen, so als hätte der Sturm von vorhin alles darin hinausgepustet.

Und so führte mich mein Weg zur nächsten Unterkunft.

Was ist das einfache Sein?
Was macht dich lebendig?
Was sind deine Wurzeln?
Woher kommt deine Kraft?
Was hältst du fest?

Mein gestriges Erlebnis mit dem Wind hatte mir in der Nacht Kopfschmerzen beschert, die nun am Morgen langsam nachließen. Ein Blick aus dem Fenster ließ mich erleichtert feststellen, dass das Wetter heute wieder besser war. Heute würde es wieder ordentlich bergauf gehen, es stand eine richtige Gipfelbesteigung an. Das klang anstrengend. Aber ich dachte an den fantastischen Ausblick, den ich vor drei Tagen über die Berge und Täler gehabt hatte, und freute mich auf das, was sich mir heute zeigen würde. Vorfreude war definitiv eine Quelle von Kraft.

Als ich auf die Uhr schaute, stellte ich fest, dass ich getrödelt hatte. Es war um einiges später als an den letzten Tagen, als ich mich auf den Weg machte, und das bereitete mir sofort Stress. Wohin verschwanden eigentlich Freude und Leichtigkeit, wenn sich der Stress in den Vordergrund drängte? Druck und Stress waren für mich vertraute Lebensbegleiter, ein bisschen empfand ich sie wie ein grimmiges Brüderpaar, sie gehörten dazu. Sie machten mein Leben aber oft auch ganz eng, denn sie ließen mir kaum eine Wahl, als zu funktionieren. Als ich diese Wanderung begonnen hatte, waren sie gleich zur Stelle gewesen, bereit, mich durch die Kilometer zu treiben. Aufgeben war nie eine Option, nachlassen auch nicht. Ich hatte also immer zwei US-Drill-Sergeants an meiner Seite, die ihren Job gut verstanden.

Während ich mich auf den Weg machte, versuchte ich, den beiden strengen Antreibern meine Freude entgegenzusetzen. Ich wollte ausprobieren, ob nicht aus der Freude eine Kraft entstehen könnte, die mich viel besser zu meinem Tun befähigen würde als dieser ständige Druck, den ich sonst empfand. Ich wollte mich nicht stressen lassen, denn es gab keinen Grund zur Eile. Ich hatte Zeit. Also hielt ich meine Vorfreude hoch wie eine kleine Lampe und kam mir dabei vor wie ein Kind bei einem Laternenumzug. Fast hätte ich auch noch vor mich hingesummt.

Schon nach einer kurzen Weile bemerkte ich, dass ich meinen heutigen Weg offenbar nicht so allein beschreiten würde, wie ich es bisher erlebt hatte. In den Tagen zuvor hatte ich hin und wieder mal andere Wanderer getroffen, die mir entgegengekommen waren oder die Rast am Rande des Weges gemacht hatten. Die meiste Zeit aber war ich für mich allein gewesen. Nun waren es einige mehr, die ich traf. Dieser Weg schien recht beliebt zu sein. Irgendwie wollen die meisten Menschen immer auf die Gipfel hinauf. Der Weg war entsprechend gut ausgebaut und recht leicht zu laufen. Nach der Hälfte kamen mir schon die ersten auf dem Abstieg entgegen, sie mussten wirklich früh aufgebrochen sein.

Der Aufstieg wurde nach und nach steiniger und meine Beine machten sich bemerkbar. Obwohl die Brüder Stress und Druck empört waren, reduzierte ich mein Tempo, auch wenn ich dadurch von einigen überholt wurde. Ich zügelte meinen Ehrgeiz und machte mir klar, dass es nicht darum ging, als Erste oben zu sein. Nicht dass ich eine Chance gehabt hätte, aber es war mir wichtig, mich selbst daran zu erinnern, denn mein inneres Leistungstier wollte mich ordentlich pushen. Aber es ging hier nicht um Leistung. Schritt für Schritt erstieg ich den Berg, nicht dem Gehetze meiner Antreiber folgend, sondern meinem ganz eigenen Rhythmus, der sich immer klarer zeigte, je weniger ich mich antreiben ließ. Einige Male hielt ich an, um wieder zu Atem zu kommen und auch, um wahrzunehmen, wo ich hier eigentlich war und was ich gerade tat. So oft trieb ich mich durch Aufgaben oder Vorhaben und hatte hinterher das Gefühl, gar nicht mitbekommen zu haben, wie ich an den Punkt gekommen war, an dem ich dann stand. Hier wollte ich genau das nicht. Hier wollte ich den Aufstieg erleben.

Nach einer Weile kam ich dann endlich oben an. Außer mir waren noch einige andere Leute da, drei Pärchen und noch zwei kleine Gruppen von Wanderern. Wir grüßten einander mit dem strahlenden Lächeln, das irgendwie jeder zeigte, der einen Gipfel erklommen hatte. Der Gipfel selbst war eine unerwartet große Fläche, keine Bergspitze, wie ich es vermutet hatte. In westlicher Richtung sah ich den Weg, den ich später für den Abstieg gehen würde. Aber fürs Erste würde ich hierbleiben. Von den anderen Wanderern machten sich einige schon wieder auf und es kamen nur noch wenige nach. Ich suchte mir etwas abseits ein Plätzchen für eine Rast. Ich setzte mich und döste einen Moment. Als ich die Augen wieder öffnete, stellte ich fest, dass ich für diesen Moment ganz allein hier oben war. Ich stand auf und ging an eine Stelle, an der der Berg steil abfiel.

Irgendwie wartete ich schon darauf, dass mir die nächste Frage gestellt werden würde, allerdings konnte ich mir nicht vorstellen, von wem. Die Berge hatten schon mit mir gesprochen und sonst war hier nicht viel. Von wem würde sie wohl kommen? Ich schaute hinauf zum Himmel, eigentlich mehr um zu schauen, wie sich das Wetter entwickelte, aber dort sah ich dann Vögel kreisen. Große Greifvögel ließen sich von der Thermik tragen, wahrscheinlich Bussarde. Immer höher schraubten sie sich mühelos auf weit gespannten Schwingen hinauf ins Blau. Oben dann glitten sie aus der Spirale und beschrieben weiter Kreise oder ließen sich wieder ein Stück in die Tiefe fallen. Die Leichtigkeit, mit der die Vögel dort ihre Flugkünste präsentierten, berührte mich. Wie sehr sehnte ich mich nach dieser Unbeschwertheit. Und wie viel Freude sie hatten! Es gab keinen logischen Grund für diese spielerischen Flugmanöver, denn keiner von ihnen jagte. Sie flogen offenbar einfach, weil sie es wollten – und weil sie es konnten. Allein sie anzuschauen, öffnete mein Herz weit und immer weiter.

Als ich dachte, sie würden nun davonfliegen, denn ihre Kreise waren immer größer geworden und ich konnte sie nur noch als Punkte wahrnehmen, kamen sie noch einmal zurück und kreisten direkt über mir. Dabei stießen sie schrille Schreie aus. Ich hörte genau hin. Waren sie es, die mir die nächste Frage stellen würden? Ich lag richtig, denn nach und nach verstand ich immer deutlicher, was sie riefen: »Was macht dich frei?« lautete ihre vielstimmige Frage, die echogleich durch die Landschaft schallte, bis sie wieder immer weitere Kreise zogen und sich ihre Rufe in der Ferne verloren. *Wieder eine gute Frage,* dachte ich. Sie passte perfekt zum Loslassen und rührte damit wieder an dem für mich so großen Thema. Die Frage, was mich frei machte, hatte ich mir selbst noch nie gestellt, da ich mich immer frei gefühlt hatte. Schließlich hatte ich schon als Jugendliche meine eigenen Entscheidungen getroffen, ich war bis heute unverheiratet und hatte keine Kinder. Freier als ich lebte kaum jemand, den ich kannte. Doch war das die Freiheit, um die es ging? Worin bestand Freiheit wirklich?

Hier auf dieser Wanderung war es mir möglich geworden, mit etwas mehr Abstand auf mein Leben zu schauen und auf mich selbst. Und was ich da sah, war eine recht erfolgreiche Frau, die stark eingebunden in ihre Arbeit war und die einen Terminkalender zum Gott erhob. Eine Frau, die vor allem Vernunftentscheidungen traf, die Gefühle vermied und sich ungern in die Karten schauen ließ. Eine Frau, die in einer Beziehung steckte, die sie nicht glücklich machte, das aber nicht zugeben wollte, nicht vor anderen und erst recht nicht vor sich selbst. Eine Frau, die viel herum-, aber nie ankam und die eigentlich ungern zurückschaute, vor allem nicht weit zurück. Ich spürte die Wucht, die die Frage nach der Freiheit in sich trug. Hier stand ich fest auf dem Boden, zwar hoch in den Bergen, aber klar verbunden mit dem Irdischen. Ich war nicht so frei wie die Vögel über mir. Ich konnte nicht mit ihnen fliegen. Würde ich es wollen? Würde ich dort oben kreisen wollen, alles hinter mir lassend? Ich war mir nicht sicher. Wie viel musste man loslassen, um wirklich frei zu sein? Und hätte ich überhaupt den Mut zu einem solchen Freiflug? Was war eigentlich der Unterschied zwischen Flug und Fall? Brauchten wir nicht auch etwas im Leben, das Bestand hatte? War Gewicht nicht nötig, um nicht einfach davonzudriften? Aber wovon würde ich denn wegdriften, wenn ich wirklich losließe? Von meiner Arbeit, meiner Beziehung, meinen Freundinnen? Hinaus aus der Stadt, in der ich lebte und vielleicht auch hinaus aus dem Land? Wohin würde mich das führen? Wo würde ich landen und würde ich dort bleiben wollen?

Plötzlich kam mir die Welt unendlich groß vor und ich fühlte mich winzig klein. Die Möglichkeiten, die mir die Freiheit bot, waren so unfassbar groß, vielleicht machten wir alle den Raum unbewusst kleiner, weil echter Freiraum kaum auszuhalten war?

Ich war schon eine Weile nicht mehr allein auf dem Gipfel. Andere Wanderer kamen und gingen. Wie frei waren sie wohl? Und wie begrenzt? Wie unterschiedlich waren unsere Grenzen und wie real waren sie wirklich? War es überhaupt möglich, grenzenlos frei zu leben? Woran würde man sich orientieren und was würde einem dann Halt geben? Braucht man überhaupt Halt, wenn man Flügel hat?

Die Frage nach der Freiheit warf wie keine andere zuvor in mir weitere Fragen auf. Mein Denken raste zwischen den Dimensionen hin und her – reichte weit hinaus ins Endlose und verkroch sich bis ins Winzig-Kleine. Ich wuchs und ich schrumpfte. Ich dehnte mich aus und fiel in mich zusammen. Ich atmete Möglichkeiten ein und Begrenzungen aus. Mir war klar, dass ich hier und jetzt keine Antwort finden würde. Das Thema hatte sich mir gezeigt und ich würde es mitnehmen, zusammen mit all den anderen Fragen. Das Wort *»Freiheit«* fühlte sich in mir an wie eine dieser *»Samen-Bomben«*, wie eine dieser dicken Kugeln, die prall gefüllt mit verschiedensten Samen waren, die regelrecht explodieren würden, wenn man sie einpflanzt. Eine solche war nun in mir gesetzt – was würde wohl aus ihr erwachsen?

Ich merkte, dass ich hungrig geworden war, hatte ich doch bisher noch keinen Bissen von meinem Proviant genommen. Also aß ich mein Lunchpaket. Dann schulterte ich meinen Rucksack und machte mich an den Abstieg zu meiner nächsten Pension. Dabei hatte ich das Flüstern des Windes in mir, mit seiner Frage, was ich alles festhalte. Diese Frage war eine Art siamesischer Zwilling zur Frage der Vögel nach der Freiheit. Alle Fragen auf dieser Wanderung begannen ineinanderzugreifen wie Zahnräder und brachten auf diese Weise in mir Prozesse in Gang, von denen ich bisher keine Ahnung gehabt hatte. Ich hatte angefangen, zuzuhören.

Was ist das einfache Sein?
Was macht dich lebendig?
Was sind deine Wurzeln?
Woher kommt deine Kraft?
Was hältst du fest?
Was macht dich frei?

Der Hund

Tag 7

Ich war gestern wieder ziemlich erschöpft in meiner nächsten Unterkunft angekommen, denn der Weg hatte sich noch lange hingezogen. Nach dem Abendessen war ich aber noch unruhig und fand keinen Schlaf. Der Versuch, mich mit meinen Mails oder Surfen abzulenken, misslang, ich konnte mich auf nichts konzentrieren, weil mich nichts von all dem wirklich interessierte. Alles hatte belanglos gewirkt und sehr weit weg – die Nachrichten, die Facebook-Posts, die E-Mails. Also hatte ich mein Notizbuch zur Hand genommen und mir die bisherigen Fragen angeschaut. Sie hatten in mir wie ein Xylofon geklungen, jede hatte ihren ganz eigenen Ton in mir. Ich war gespannt, welche Fragen ich noch finden würde, drei Tage lagen noch vor mir.

Ich hatte auch noch viel über das Thema *»Freiheit«* nachgedacht und was Freiheit wirklich bedeutete. Wo fängt Freiheit an, wo hört sie auf? Was ist es, das uns Freiheit ermöglicht, was schränkt sie ein? Fragen, auf die Menschen aus verschiedenen Ländern oder Kulturkreisen wohl sehr unterschiedliche Antworten geben würden. Ich fühlte mich in diesem Moment voller Dankbarkeit dafür, in einem Land leben zu dürfen, in dem ich freier war als die meisten Menschen auf diesem Planeten.

Die heutige Strecke war eine recht kurze. Das kam mir entgegen, da ich zum einen gewisse Ermüdungserscheinungen hatte, immerhin lief ich nun schon eine ganze Woche lang täglich viele Stunden durch die Berge, und zum anderen hatte ich das Bedürfnis, meine Gedanken zu sortieren. So viel ging mir durch den Kopf, so viele Gedanken wurden angestoßen, so viel in mir geriet durcheinander.

Ich beschloss, den Vormittag flott durchzuziehen, um dann möglichst früh in der Pension anzukommen und mir auf diese Weise einen freien Nachmittag zu verschaffen. Vielleicht würde ich ein bisschen schreiben oder lesen oder einfach nur die Seele baumeln lassen. Das Wetter zeigte sich heute wieder einmal in einem unentschlossenen Grau – mal heller, mal dunkler, so dass es schwer einzuschätzen war, ob sich die Sonne durchsetzen oder ob es doch noch regnen würde. Wenigstens war es nicht kalt und noch war es trocken. Ich marschierte los.

Als ich das Dorf verließ, war da plötzlich ein Hund, der mich begleitete. Er war so groß wie ein Schäferhund, aber schlanker, sandfarben und hatte ein langes Fell. Er trug ein grünes Halsband mit einer Marke, war also kein Streuner. Ich nahm an, dass er jemandem im Dorf gehörte und vielleicht immer mal wieder ein Stück mit Wanderern mitlief. Nach einer Weile wurde ich allerdings unsicher, ob das so okay war, denn wir waren nun schon ein gutes Stück weg vom Dorf. Würde er zurückfinden?

»Hey, du, solltest du nicht langsam umdrehen und wieder nach Hause gehen? Sicher vermissen die dich dort!«, rief ich ihm zu. Der Hund schaute mich an, lief aber unbeirrt weiter neben mir. Es war, als hätte er die Entscheidung getroffen, mit mir zu laufen, und es gab keinen Grund, sie anzuzweifeln. Also schob ich die Sorgen, die ich mir um das Tier machte, weg und genoss es, für eine Weile nicht allein unterwegs zu sein. Ja, tatsächlich begann mir die Gesellschaft anderer ein bisschen zu fehlen. Es waren einsame Wege, auf denen ich unterwegs war, und ich war die meiste Zeit froh darüber gewesen. Nun aber merkte ich, dass ich gerne mit jemandem reden und von meinen

Erlebnissen hier erzählen würde. Aber wem würde ich wohl von sprechenden Fröschen und Bäumen erzählen können? Mir fielen da nicht wirklich viele Leute ein. Da tat mir die Anwesenheit des Hundes gut. Neben ihm zu laufen, fühlte sich ganz selbstverständlich an und vertraut. Er war die Ruhe selbst und das strahlte auf mich ab. Ich empfand Zuversicht und Freude. So erzählte ich ihm von den Tagen meiner Wanderung und er war ein guter Zuhörer.

Nach einer Weile setzte ich mich auf eine Bank. Der Hund kam zu mir und schnupperte an meiner Hand.

»Darf ich dich denn auch streicheln?«, fragte ich und berührte ihn am Kopf. Er ließ sich ausgiebig von mir kraulen und schloss genüsslich die Augen. Dann rollte er sich zu meinen Füßen, oder ich sollte besser sagen, auf meinen Füßen zusammen.

»Oh, nun schläfst du hier? Aber ich will doch bald weiter… Na gut, eine kleine Pause können wir sicher machen.« Der Hund regte sich nicht, er schien schon eingeschlafen zu sein.

»Du hast nicht zufällig auch eine Frage für mich?« Warum sollte mir nicht auch ein Hund eine Frage stellen, wenn es schon Frösche und Schmetterlinge getan hatten. Aber er sagte nichts, sondern schnarchte nur leise im Schlaf. Also lehnte ich mich zurück und schloss ebenfalls die Augen. Ich spürte die Wärme des Hundekörpers auf meinen Füßen und wie er hin und wieder im Schlaf zuckte. Die Sonne kam hinter den Wolken hervor und es wurde angenehm warm. Auch ich döste etwas ein.

Im Traum saß der Hund vor mir und schaute mich mit seinen schwarzen, wachen Augen an. Klar und vernehmlich fragte er mich mit einer etwas rauen Stimme: »Ja, auch ich habe eine Frage für dich. Meine Frage lautet: Was hast du zu geben?« Dabei zog er die Lefzen leicht hoch, als würde er lächeln. Die Frage hallte in mir, ohne dass ich sie sofort verstand. Die Worte schon, aber auf eine seltsame Art waren es mehr Laute als Worte. Vielleicht klangen wir so für Hunde?

Als ich erwachte, wusste ich für einen Moment lang gar nicht, wo ich war. Aber natürlich war mir schnell wieder bewusst, dass ich auf meiner Wanderung war, mich auf diese Bank gesetzt hatte und offenbar eingeschlafen war. Ich richtete mich auf und schaute nach dem Hund. Ich konnte ihn aber nirgendwo sehen. Er war wohl wieder zurück in sein Dorf gelaufen. *Schade,* dachte ich, denn ich war ein bisschen traurig, dass er sich einfach so davongemacht hatte, während ich schlief. Ich hätte ihn gerne noch einmal gestreichelt und mich bedankt.

Dann fiel mir der Traum wieder ein und die Frage des Hundes. Jetzt konnte ich die Laute tatsächlich als Worte wahrnehmen, deren Sinn ich verstand. Er hatte mich gefragt, was ich zu geben habe. Seltsam, dass er mir die Frage über den Umweg des Traumes gestellt hatte. Eigentlich wäre es logischer gewesen, wenn ich alle Fragen erträumt hätte, aber in allen anderen Fällen hatte ich die jeweilige Frage ja wirklich gehört. Nur hier war sie ein Traum gewesen.

Gedankenverloren schulterte ich meinen Rucksack und lief weiter. Es war nicht mehr weit bis zur nächsten Pension und der Weg war einfach. Es kamen mir einige Gruppen von Wanderern entgegen, am Sonntag war wahrscheinlich überall mehr los. Ich dachte über das Geben nach und es war ein seltsam neues Thema für mich. Fragen wir uns nicht vor allem, was wir haben wollen, und viel weniger, was wir geben können? In den zahlreichen Büchern zur Lebensgestaltung taucht immer wieder die Frage *»Was will ich?«* auf oder *»Was will ich haben, was will ich erreichen, was will ich sein?«*. Nie hatte ich bisher *»Was will oder kann ich geben?«* gelesen. Klar, ich wollte schon auch Gutes tun und meinen Job vernünftig machen, anderen helfen und so weiter, aber ich hatte noch nie wirklich darüber nachgedacht, ob es etwas gab, das gerade *ich* zu geben hatte oder was ich wirklich geben wollte. In welch einer Welt würden wir wohl leben, wenn die zentrale Frage eines jeden von uns wäre: *»Was habe ich zu geben?« Wow,* dachte ich, *dann wäre vieles, nein, dann wäre wahrscheinlich* alles *ganz anders.* Was für eine Vorstellung!

Haben nicht viele von uns das Gefühl, eigentlich gar nichts zu geben zu haben? Zum einen erkennen wir vielleicht aus Unsicherheit und fehlendem Selbstwertgefühl unser eigenes Vermögen nicht und halten zurück, was in uns ist. Zum anderen aber sind wir doch alle auch getrieben von der Angst zu verlieren. Was, wenn andere nur von uns nehmen, wir aber nichts bekommen? Die meisten Menschen glauben sicher, dass wir erst ganz viel haben müssen, um geben zu können, da nahm ich mich nicht aus. Doch wer bestimmt das Maß? Woher wissen wir, dass wir genug haben, um geben zu können? Und könnte es nicht vielleicht so sein, dass es nie genug sein kann, weil wir immer fürchten, das zu verlieren, was wir haben? Da ging es wieder um das Thema *Loslassen …*

Dieses *»Immer mehr und immer mehr«* war zum Fundament unserer Gesellschaft geworden. Konsum war von der Notwendigkeit über die Freizeitgestaltung zum Lebensinhalt geworden – du bist, was du kaufst, war das neue Motto. Oder noch extremer: Du bist, wie viel du kaufst, wobei egal ist, was du kaufst.

Ich war früher auch gerne mal shoppen gegangen, heute fiel es mir schwer, mich überhaupt dazu aufzuraffen, wenn ich mal was Neues brauchte. Überall wurde man von Angeboten überschwemmt – Kauf drei, dann gibt es eins gratis! – Hier billig, hier billiger, hier am billigsten! – Kauf dich reich! – es war grotesk und maßlos und führte uns alle in eine ungute Richtung.

»Aber zurück zu der Frage«, sagte ich zu mir, und die lautete, was ich zu geben habe. Mein Weg führte mich an einem Hang entlang und eröffnete mir wundervolle Blicke über eine reiche Landschaft. Die Natur gab so viel. Aber wir Menschen? Wir nehmen. Wir nehmen, weil wir glauben, auf all das, was wir wollen, ein Recht zu haben. Wir nehmen, weil wir es können.

Schon wieder war ich beim Nehmen, nicht beim Geben. Es war verrückt, wie schwer es mir fiel, mich auf diese Frage zu konzentrieren. Das Nehmen drängte sich immer wieder nach vorne wie ein ungezogenes Kind. Okay, was hatte ich zu geben? Ich. Ich? Ich! Wie unterschiedlich man dieses kleine Wort betonen konnte und wie verschieden das Gefühl dabei war. Am wohlsten fühlte ich mich mit dem Punkt. Wie konnte ich eigentlich wissen, was ich zu geben habe? Müsste ich mich dazu nicht selbst viel besser kennen? Müsste ich nicht viel besser darüber Bescheid wissen, was meine wahren Gaben sind, was ich wirklich gut kann oder was andere von mir hilfreich finden? Das aber wäre dann die Frage danach, was andere von mir bekommen wollen, nicht die danach, was ich zu geben habe. Ich fand einfach keine Antwort. Genau, wie es mir immer leichter gefallen war, zu sagen, was ich nicht wollte, als was ich wollte, kamen mir auch jetzt mehr Antworten auf die Frage, was ich nicht geben wollte.

Okay, dachte ich, und formulierte die Frage etwas um: *Was kann und möchte ich verschenken?* Nicht Gegenstände, sondern echte Gaben? Wovon habe ich so viel, dass ich anderen etwas abgeben kann? Was würde mir nicht fehlen, sondern im Gegenteil mich bereichern, wenn ich es hergeben würde? Wäre es möglich, so etwas zu finden? Mein Herz klopfte bei dem Gedanken, wirklich schenken zu können, also zu geben, ohne dafür etwas zu erwarten. Es rüttelte an vielem, was uns so selbstverständlich war, wie Geld zu verdienen, die Idee von Leistung und Gegenleistung, erfolgreich sein zu wollen und so weiter. Was aber, wenn es tatsächlich nicht darum ginge, was wir im Leben erreichen und bekommen, sondern wenn viel mehr zählt, was wir geben?

Mir schwirrte mal wieder der Kopf. Das war alles ganz schön viel mit diesem Superkonzentrat an Fragen, die alles in einem aufwühlten. Fragen, die ich nicht nur im Kopf bewegte, sondern die tief in mir Themen anrührten und mich durcheinanderbrachten.

Was ich zu geben habe, das war eine Frage, von der ich wusste, dass sie mich für die nächste Zeit begleiten würde, so lange, bin ich wenigstens eine Ahnung von der Antwort hatte.

Vor mir lag das Dorf, in dem meine nächste Unterkunft war. und ich war froh, dass ich mich nun erst einmal ums Einchecken kümmern konnte. Aber es war gerade mal halb zwei, es lag noch ein halber Tag vor mir, ich würde noch viel Zeit für mich haben. Vielleicht auch, um mal eine Pause nicht nur vom Wandern, sondern auch vom Nachdenken zu machen.

Was ist das einfache Sein?
Was macht dich lebendig?
Was sind deine Wurzeln?
Woher kommt deine Kraft?
Was hältst du fest?
Was macht dich frei?
Was hast du zu geben?

Das Wasser

Tag 8

Der freie Nachmittag am gestrigen Tag war ein richtiges Geschenk gewesen. In der kleinen Pension gab es einen Garten, den ich hatte nutzen dürfen. Ich hatte mir einen Liegestuhl genommen, mich in meine Decke gewickelt und für eine ganze Weile einfach nur darin gelegen und in die Gegend geschaut. Nichts zu tun, war eigentlich nicht meins, denn ich hatte immer so viel auf dem Zettel, dass mir Untätigkeit nicht nur wie eine Verschwendung vorkam, sondern mir meist auch unmittelbar Stress bereitete, wusste ich doch, dass ich mich für jedes Trödeln später umso mehr würde beeilen müssen.

Während es mir also daheim immer schwerfiel, Leerlauf auszuhalten, fand ich das hier leicht. Zum einen hatte ich nichts wirklich Wichtiges zu tun und zum anderen tat es so gut, dass ich mich regelrecht hineinfallen lassen konnte in dieses zwecklose Nichts, das angefüllt war mit Wohlgefühl. Ich wollte nichts tun, nichts lesen, nicht mal Musik hören. Ich war glücklich mit dem einfachen Sein und dachte an die Frösche vom ersten Tag. Hier steckte ein Stück der Antwort auf ihre Frage nach dem einfachen Sein. Einfaches Sein hieß einfach zu sein – nur ich hier und jetzt.

So verbrachte ich einen wundervollen Nachmittag. Nicht einmal nach dem Abendessen schaltete ich meinen Rechner an, sondern schlief früh ein. Körper und Geist forderten Ruhe und ich konnte sie ihnen gönnen. Dafür saß ich nun an diesem Morgen gut ausgeschlafen und etwas früher als sonst am Frühstückstisch und bereitete mir mein Lunchpaket zu, so wie ich es die letzten Tage getan hatte. Heute versuchte ich wieder ganz achtsam in diesem Tun zu sein. Ich überlegte mir, was ich mir selbst für diesen Tag geben wollte, und ich fühlte mich mir selbst gegenüber auf eine unbekannte Art und Weise liebe- und verantwortungsvoll. Vielleicht würde ich das mitnehmen können in meinen Alltag und auf diese Weise immer mehr herausfinden, was ich wirklich zu geben hatte.

Morgen würde ich das letzte Lunchpaket packen, denn morgen war der letzte Tag dieser Wanderung. Der Gedanke machte mich ein bisschen traurig, denn ich hatte diese Tage richtig lieb gewonnen. Die durch die Streckenabschnitte vorgegebene Struktur des Tages, die Routine, die sich einspielte in der Kombination mit all den neuen Eindrücken und Erlebnissen, die die Wanderung selbst mit sich brachte – das gab mir eine Geborgenheit, in die ich mich hatte sinken lassen. Wie frei war ich eigentlich auf dieser Wanderung? Zum einen nicht besonders, denn ich konnte die Route nicht wirklich ändern, ohne dass ich auf mein Gepäck hätte verzichten müssen – und warum hätte ich das tun sollen? Die vorgegebene Strecke war so gut wie jede andere, oder nicht? Verpasste ich vielleicht viel schönere Wege, indem ich der vorgeschlagenen Strecke folgte? Wäre ich freier, wenn ich an jeder Wegkreuzung selbst entscheiden würde? Aber nach welchen Maßstäben würde ich das tun, hier, wo ich mich doch gar nicht auskannte? Ich folgte einem vorgegebenen Weg, aber machte mich das auch unfrei? Da war es wieder, das große Thema *Freiheit …*

Mein Weg führte mich heute wieder durch eine abwechslungsreiche Landschaft, so dass die Zeit schnell verging. Die Sonne schien, der Himmel war blau und ich hatte meine Jacke ausziehen können, so warm war es geworden. Ich war schon einige Stunden unterwegs und beschloss, an der nächsten schönen Stelle eine Rast zu machen. Nach einem kleinen Stück öffnete sich der Wald und ich trat auf eine Lichtung. Vor mir lag ein wunderschöner See. Sein Wasser war so klar, dass sich die Umgebung in ihm spiegelte. Ich konnte den blauen Himmel mit den weißen Wolken sehen, die Bäume am Ufer und auch die Berge im Hintergrund. Es war ein Postkartenidyll, von dem ich gedacht hatte, dass es nur durch *Photoshop* möglich wäre. Aber hier zeigte es sich vollkommen real und unverfälscht. Ich war verzaubert.

Auf einem kleinen Stück Wiese legte ich meine Decke hin und packte mein Lunchpaket aus. Hummeln summten von einer Löwenzahnblüte zur nächsten und rundum füllten Vögel mit ihrem Zwitschern die Luft. Ich sah einige Wanderer auf dem Weg, sie gingen aber weiter, so dass ich den Platz hier ganz für mich hatte. Nachdem ich gegessen hatte, stand ich auf und schlenderte zum Ufer des Sees.

Ich blickte in das Wasser und hoffte, vielleicht noch einmal Frösche zu sehen oder auch Fische. Ich brauchte ja noch jemanden, der mir eine Frage stellen würde. Doch es regte sich nichts. Die Wasseroberfläche war vollkommen glatt. Ich sah, wie sich der Himmel mit den Wölkchen in dem Wasser spiegelte und die Bäume und das Schilf am Ufer. Und noch etwas sah ich: Ich sah mich selbst. Ich schaute in mein Spiegelbild. Ich sah meine Augen, meine Nase, meinen Mund, meine Wangen. Ich sah die Frau, die ich war, und doch war es schwer, mich in diesem Bild zu erkennen. In der perfekten Szenerie, die mich umgab, war auch das Bild, das ich sah, in seiner Art perfekt. Und das war auf eine berauschende Weise neu für mich.

Normalerweise schaute ich in den Spiegel, um zu überprüfen, wie meine Haare lagen oder ob meine Wimperntusche noch okay war. Es war immer ein Kontrollblick, streng und gründlich. Ich nahm meine Falten wahr, meine Augenränder und ob ich ab- oder zugenommen hatte. Mein Blick auf mich war irgendwie immer ein harter Blick, wie mir in diesem Moment sehr klar wurde, prüfend und wertend. Nun aber schaute ich mich auf eine ganz andere Art an. Weich war mein Blick auf mich selbst. Weich und ja, fast liebevoll.

Die Frau dort im Wasser hatte ein ovales Gesicht mit hohen Wangenknochen, das von dunkelbraunen Locken umrahmt wurde. Ihre dunklen Augen standen recht eng zusammen und wurden durch schmale, aber dunkle Augenbrauen betont. Der Blick war offen und einladend. Die zierliche Nase führte zu einem weichen Mund. Die Falten, die ich in diesem Gesicht schon so oft missbilligend registriert hatte, schienen weniger als gewohnt, die Haut wirkte glatt und zart. Jung sah ich aus, jünger, als ich mich fühlte. Und gleichzeitig lag in meinen Augen etwas Uraltes, Wissendes. Es war eine schöne Frau, die mir da entgegenschaute, und es kam mir vor, als hätte ich sie noch nie wirklich gesehen. Mir kamen Tränen, weil es mir wehtat zu begreifen, wie abwertend ich mich normalerweise anschaute und was ich mir damit antat.

Ich schloss die Augen. In diesem Moment vernahm ich leise und zart glucksend eine Frage, die mir das Wasser stellte: »Wann wirst du sein?« Es war, als würde die Frage wie ein Steinchen in mein Sein fallen und vom Zentrum aus in Kreisen durch jede meiner Zellen und mein ganzes Ich fließen. Die Frage löste ganz vieles aus: Ich spürte eine tiefe Traurigkeit, ein großes Mitgefühl mit mir selbst und auch eine Art Reue, denn mir wurde bewusst, dass ich selten gut zu mir war.

Ich dachte wieder an meine Eltern und dass ich mir gegenüber genauso gewesen war, wie sie es mir vorgelebt hatten: kühl, distanziert, unaufgeregt. Ich hatte für ein sicheres Fundament und einen funktionierenden Rahmen gesorgt, so dass ich keine Not leiden würde. Aber ich hatte nie wirklich gut für mich gesorgt. Ich hatte mich nie gefragt, wer ich eigentlich bin und was ich wirklich brauche. Ich war immer brav und vernünftig gewesen und war es bis heute. Aber war ich nicht viel mehr? Wollte ich nicht eigentlich etwas ganz anderes in meinem Leben? Und ich musste an eine Phase denken, in der etwas in mir durchgebrochen war, von dem ich nicht einmal geahnt hatte, dass es in mir gewesen war, und das ich danach für immer tief in mir vergraben hatte.

Es war einige Jahre nach meinem Studium gewesen. Auf einer Reportage über Festivals war ich in diesem Sommer zu verschiedenen Veranstaltungen gereist. Auf einem recht unbekannten Festival hatte ich eine für mich komplett andere Welt kennen gelernt und es hatte nicht viel gefehlt und ich hätte einfach mal die Planeten gewechselt. Die Veranstaltung war das gewesen, was man wohl ein Hippie-Festival nannte. Hunderte Menschen mit langen Haaren, barfuß, freundlich, offen und ständig bekifft – im ersten Moment wollte ich sofort wieder in mein Auto steigen, denn das war nun so gar nichts für mich. Aber wie so oft siegte mein Pflichtbewusstsein. Lutz erwartete die Reportage. Ich blieb.

Ich blieb nicht nur, ich tauchte ein. Und ein Stück weit tauchte ich unter. Für drei Tage verschwand ich aus meinem eigentlichen Leben und wurde zu einer anderen. Ich ließ mich fallen in Musik und Miteinander. Zum ersten Mal in meinem Leben nahm ich Drogen. Ich pfiff auf Vernunft und zelebrierte Kontrollverlust. Ich lag in fremden Armen, die mir vertrauter erschienen als die meines Freundes. Ich schlief mit Männern und mit Frauen. Ich ließ mich ein auf das, was war, ich ließ mich sein, wer ich in diesem Moment sein wollte. Ich verlor mich und fand jemanden, von dem ich nicht wusste, dass es diesen Menschen gab.

Nach dem Festival kam die Ernüchterung. Ich war schockiert über mein Verhalten, über das, was ich getan hatte, und redete mir sofort ein, dass natürlich nicht ich das gewesen war. Ich schämte mich zutiefst, schob alles auf die Drogen und beschloss, niemals darüber zu reden, nicht mit Andi und mit niemandem sonst.

Ich schrieb meine Reportage professionell und sachlich und sperrte alles in mir, was sich dort so wohlgefühlt hatte und was bereit gewesen war, mit einer Truppe von weltfremden Träumern davonzurennen, tief in den Keller meiner Persönlichkeit. Da niemand, der mich kannte, mir Derartiges zugetraut hatte, war es kein großer Akt gewesen, die Sache verschwinden zu lassen. Ich war darin so gut gewesen, dass ich irgendwann selbst glaubte, das Ganze sei nur ein Traum gewesen und nie real passiert. Doch es hatte sich so ereignet. Und es war nie wirklich verschwunden, dort im Keller meiner Persönlichkeit, wie ich jetzt merkte, als ich wieder daran dachte. Ich spürte sie, diese Frau, die drei Tage dort so intensiv gelebt hatte, wie es mir danach nie wieder möglich gewesen war. Eine Frau, die jeden und alles lieben konnte und die keine Angst gehabt hatte. Vor nichts. Eine Frau, die dem Leben vertraut hatte, bedingungslos. War diese Frau wirklich ich gewesen? War das wirklich ein Teil von mir?

In diesem Augenblick konnte ich mein eigenes Sein ganz anders wahrnehmen als sonst. Nicht nur mein funktionierendes Ich, das wie aufgezogen durchs Leben hastete, nicht nur die Elena in mir, die mit allem klargekommen war, sondern ich sah viel mehr. Ich sah das kleine Mädchen, das ständig gefroren hatte und das in ihrem Zimmer oft so einsam gewesen war. Ich sah das etwas ältere Mädchen, das sich in Bücherwelten verloren hatte, die von ganz anderen Welten erzählten als die, in der sie lebte. Ich sah die junge Frau, die die Welt hatte verändern wollen, aber die schmerzlich begriff, dass das nicht ging, und deshalb nach und nach verstummte. Ich sah die Frau vom Festival, so weiblich, wie ich es nie zuvor und nie danach gewesen war. Und ich sah die Frau von heute, Ende 30, in einem hübsch sortierten Setzkastenleben, die mit einem Rucksack und Wanderschuhen an einem See stand und Rotz und Wasser heulte, weil irgendwie alles plötzlich wie eine große Lüge erschien.

In diesem Moment konnte ich mein wahres Sein in seiner ganzen Schönheit wahrnehmen. Das hier, das war *ich*. Ich mit meiner Geschichte. Ich auf meinem Weg. Dankbarkeit spülte die schmerzlichen Gefühle fort, Dankbarkeit dafür, überhaupt sein zu dürfen, aber auch dafür, die sein zu können, die ich wirklich war. Denn das war die Chance, die in all dem steckte: dass ich mit mir selbst heimkehren würde.

Es war, als würde ich zum ersten Mal im Leben meine eigene Hand nehmen, bereit, den Weg nun mit mir gemeinsam zu gehen.

Als ich an diesem Nachmittag in meiner nächsten Unterkunft ankam, wusste ich nicht mehr viel von dem Stück, das ich nach dem See gelaufen war, aber ich wusste genau, wie es mir selbst ging. Ganz nah war ich mir auf diesen Kilometern gewesen, vielleicht näher als je zuvor.

Was ist das einfache Sein?
Was macht dich lebendig?
Was sind deine Wurzeln?
Woher kommt deine Kraft?
Was hältst du fest?
Was macht dich frei?
Was hast du zu geben?
Wann wirst du sein?

Das Herz

Tag 9

Trotz des beglückenden Erlebnisses am See am Tag zuvor war meine Stimmung an diesem Morgen gedämpft. Ich hätte mir zu Beginn dieser Wanderung nicht vorstellen können, dass ich tatsächlich traurig darüber sein würde, dass sie endet. Eher hatte ich mich jubeln sehen. Nun aber tat es mir von Herzen leid, heute nun in meinen letzten Tag zu starten. Ich merkte, wie ich trödelte, um das Losgehen herauszuzögern. Das rührte mich an, denn ich kannte mich immer eher zackig und, vor allem wenn es ums Abschließen von Dingen ging, grimmig entschlossen. Ich hasste Abschiede und brachte sie immer möglichst schnell hinter mich. Davon war aber nun nichts zu merken. Ich ließ mich gedankenverloren mit den weichen Innereien meines Brötchens spielen und malte Blümchen mit dem Honig auf den Toast. Ich nahm mir diese Zeit, denn ich brauchte sie.

Es war nur eine kurze Etappe für diesen Tag, die mich zu einem Städtchen mit einem Bahnhof führen würde. Dort würde ich am frühen Nachmittag mein Gepäck bekommen und dann in meinen Zug steigen und heimfahren. *Heim …*, zurück in meinen Alltag. Zurück zu dem, was ich mir aufgebaut hatte und das ich nun in einem anderen Licht sah. Zurück zu einem Mann, den ich nicht liebte. Kraft, Loslassen, Freiheit – die Worte meiner Fragen umschwirrten mich wie Motten.

Als ich mich dann endlich auf den Weg machte, hatte ich eine Begleiterin: Mit mir lief eine tatsächlich fast zum Anfassen konkrete Traurigkeit. Mal lief sie vor mir, mal neben und mal in mir und immer wieder erfüllte sie mich ganz und gar.

Gefühle wie Trauer und Schmerz hatte ich immer zu vermeiden versucht in meinem Leben. Meine Eltern hatten mir vorgelebt, dass Gefühle nicht in die Öffentlichkeit gehörten, sondern dass man das mit sich selbst ausmachte. Dunkle Stimmungen und Seelensümpfe hatte ich in meiner Jugendzeit zur Genüge kennen gelernt, aber ich hatte gelernt, diese immer besser zu meiden, da ich nicht anders mit ihnen umzugehen wusste. Es gab niemanden, mit dem ich sie hätte teilen können, es gab niemanden, vor dem ich mich hätte so öffnen wollen. Also verbot ich mir, zu viel zu fühlen, und schnitt mich damit, ohne es zu wissen, ja, ohne es auch nur zu ahnen, auch von tiefer echter Freude ab und von der Fähigkeit zu lieben.

Auf den Tagen dieser Wanderung fühlte ich mich nun regelrecht wie freigelegt. So, als würde alles in mich gelangen und durch mich hindurchfließen. Es schüttelte und rüttelte mich und ich hatte gar kein Mitspracherecht mehr an meinen Gefühlen. Das war in gewisser Hinsicht beängstigend, vor allem aber war es befreiend. *Freiheit* … bedeutete das vielleicht eben auch, frei in seinen Gefühlen zu sein? Wirklich fühlen zu können, was immer in einem war? In jedem Fall war mir gestern beim Betrachten meines Spiegelbildes sehr bewusst geworden, dass ich nicht nur die Person war, die ich erschaffen hatte, sondern ich war viel mehr. Ich war auch all das, was ich in mir unterdrückte und in die hintersten Ecken geschoben hatte. Ich war auch das, was ich fühlte, und indem ich mir das Fühlen verbot, war ich viel weniger, als ich sein konnte, und würde ganz sicher nicht herausfinden, was es war, das ich geben wollte. Alles hing zusammen.

Und während ich die letzten Kilometer meiner Wanderung lief, ließ ich mich von allem anrühren – von der Landschaft, von den Bäumen, von den Blumen, von dem geschlängelten Weg, von der kleinen Bank an der Schafwiese – einfach alles berührte mich. Die Fragen, die ich gefunden hatte, waren alle bei mir – in mir und um mich herum – und mit ihnen erlebte ich immer mehr Reaktionen auf sie: So viele Wünsche, Sehnsüchte, Erkenntnisse, Erinnerungen, Bedürfnisse und Gefühle meldeten sich zu Wort. Mir war nach Lachen und nach Weinen und allem dazwischen zumute. Ich lebte ganz intensiv in diesem Moment. Ich lebte mehr als je zuvor. Mit jedem Schritt, den ich machte, ging ich meinen eigenen Weg.

Ich mit mir.

Endlich.

Ich war stolz auf mich und auf das Erreichte. Ich hatte mir nicht zugetraut, neun Tage zu wandern, allein und in einem unbekannten Gebiet. Aber ich hatte es geschafft. Das Gesicht der Wahrsagerin erschien vor meinem geistigen Auge und ich sah sie lächeln. Ja, ich hatte auch zuhören gelernt. Ich hatte Fröschen und Schmetterlingen zugehört, den Bergen, dem Wind, Vögeln und anderen mehr. Vor allem aber hatte ich mich gehört, meine eigene Stimme, mein Sein.

Während mich meine Füße weitertrugen, weinte ich wieder und es waren Tränen, die ich längst hätte weinen sollen. Gute Tränen, denn sie entsprangen dem, was ich fühlte. Ich wollte mir das Versprechen geben, meine Gefühle nie wieder zu verdrängen, aber ich hatte Angst, dass im Alltag wieder Effizienz und Effektivität übernehmen würden, meine beiden heiligen E, denen ich alles opferte. Doch wofür tat ich das eigentlich? Dafür, dass ich letztlich ein Leben ohne mich führte! Ein erfolgreiches und vermeintlich sicheres. Ein Leben, das von außen gut aussah, sich aber innen hohl, leer und kalt anfühlte. So kalt, wie ich meine Eltern empfunden hatte, die mich sicher liebten, aber die mich nie ermuntert hatten, wirklich ich selbst zu sein. Wahrscheinlich, weil sie genau das sich selbst versagt hatten. Ich wollte aber ich sein. Ich verstand, dass das Außen viel weniger wichtig war, als ich immer gedacht hatte. Dass nichts von dem, wonach ich gestrebt hatte, eine Bedeutung hatte.

In diesem Moment schloss sich der Kreis der Wanderung, denn mir fiel wieder die Frage der Frösche nach dem einfachen Sein ein, die ich nun zu verstehen begann. Alles hier hatte mit diesem einfachen Sein zu tun gehabt, dachte ich. Das Laufen, das Nachdenken über mich selbst und meinen Weg, die Natur, meine Gefühle, die Begegnung mit mir selbst. Es war nicht wichtig, wer ich war oder was ich bisher gemacht hatte. Es zählte nicht, wie viel ich auf dem Konto hatte oder wie gut ich im Erledigen von Aufgaben war. Es war vollkommen egal, wie groß meine Wohnung war oder wie teuer mein Auto. Ich lief hier auf meinen eigenen beiden Beinen, die mich schon den ganzen Weg getragen hatten, und ich durfte mit meinen eigenen Augen das sehen, was ich sah, durfte riechen, was ich roch, und hören, was ich hörte. Ich durfte fühlen, was zu fühlen war: den frischen Wind, meine tapferen Beine und die unbändige Freude, die ich empfand, hier sein zu können. Und ich würde geben lernen, was ich zu geben hatte.

In all diesem Glück formte sich die letzte Frage dieser Reise in mir, denn es war mein eigenes Herz, das sie stellte: *»Wofür schlage ich?«* Einen Moment lang war es mir, als hielte ich die Frage ganz behutsam in meinen Händen wie ein Geschenk. Dann löste sie sich als Echo in mir auf und strahlte in die Welt. *»Wofür schlägt dein Herz?«*

In diesem Moment wurde mir klar, dass ich all das wieder verlieren würde, wenn ich nichts ändern würde in meinem Leben. Die Fragen würden einfach vom Alltag weggeschwemmt werden, wenn ich nicht dafür sorgen würde, dass sie weiter präsent waren. Ohne etwas zu ändern, würde ich weder Zeit noch Raum haben, mich weiter mit ihnen zu befassen und Antworten zu finden. Wenn ich nicht wirklich etwas änderte, würde ich mich selbst wieder verlieren.

Ich setzte mich auf eine Bank und nahm mein Notizbuch zur Hand. Ich schrieb diese letzte Frage zu den anderen. Und da standen sie nun alle, die kostbaren Perlen meiner Wanderung, die Fragen meines Lebens:

Was ist das einfache Sein?
Was macht dich lebendig?
Was sind deine Wurzeln?
Woher kommt deine Kraft?
Was hältst du fest?
Was macht dich frei?
Was hast du zu geben?
Wann wirst du sein?
Wofür schlägt dein Herz?

Es endet anders als gedacht

Noch nie zuvor hatte ich eine Schreibblockade gehabt. Aber nun saß ich seit Tagen vor meinem Rechner und bekam nichts, aber auch wirklich überhaupt nichts zustande. Lutz wartete auf meine Reportage, doch ich merkte, dass es mir einfach nicht gelingen würde, sie zu schreiben. Und genau das war gut so, denn es zwang mich dazu, mein Versprechen an mich selbst zu halten.

Als ich am neunten Tag meiner Wanderung in die Bahn gestiegen war, um nach Hause zu fahren, hatte ich mir versprochen, dass ich nicht einfach wieder in mein altes Leben springen, sondern dass ich etwas ändern würde, nein, dass ich *Grundlegendes* ändern würde. Ich wollte Neues möglich machen, entsprechend den neun Fragen, die ich auf meiner Wanderung gefunden hatte. Es würde nicht leicht werden, denn alte Muster wirken tief und äußere Umstände halten einen auch gerne zurück. Aber es hing so viel davon ab, mein Versprechen an mich zu halten, so sehr viel.

Andi und ich sprachen schon gleich am Abend meiner Heimkehr lange miteinander. Auch er hatte die Tage meiner Abwesenheit genutzt, um zu sich zu kommen. Ihm war sehr bewusst geworden, wie unglücklich er war, nicht nur mit mir, sondern vor allem auch mit sich und seiner Situation und auch er wusste, dass anstand, etwas zu ändern. Es war ein tränenreiches, aber auch sehr schönes Gespräch. So hatten wir uns schon lange nicht mehr unterhalten. Wir spürten, dass wir dabei waren, uns zu verabschieden – von uns und dem, was wir beide nicht hatten loslassen wollen. Wir hatten so lange an das geglaubt, was wir unbedingt hatten haben wollen, dass wir nicht gemerkt hatten, dass es das vielleicht nie wirklich gab, sondern nur ein Produkt unserer gemeinsamen Sehnsucht gewesen war. Dieser Gedanke war schmerzhaft. Aber es tat gut, die Dinge auszusprechen.

Andi hatte sich bereits nach Wohnungen umgeschaut und würde zum nächsten Monat umziehen. Ich widersprach nicht. Es war ein Teil der Veränderungen, die nötig sein würden, und ich wusste es.

Nun stand der nächste große Schritt an. Ich konnte und ich wollte die Reportage für Lutz nicht schreiben. Es war weder eine normale Reise noch eine normale Wanderung gewesen und alles, was ich schreiben würde, wäre dazu angetan, dass Lutz mich besorgt anschauen und überlegen würde, zu welchem Arzt er mich schicken sollte.

Es war mir noch nie passiert, dass ich einen Auftrag nicht erledigte. Ich hatte immer funktioniert, schon als Kind in der Schule, dann als Studentin und Volontärin und erst recht, seitdem ich Geld für meine Arbeit bekam. Ich war bekannt für mein Pflichtbewusstsein und es war mir immer zutiefst zuwider und unverständlich gewesen, wenn Leute nicht ablieferten, was sie zugesagt hatten. Nun würde ich genau das tun.

Lutz würde nicht erfreut darüber sein, das war klar, aber ich würde ihm anbieten, die Spesen zu ersetzen, und dann sollte er jemand anderen losschicken. Die Welt würde davon nicht untergehen. Und sie würde auch nicht untergehen, wenn ich den nächsten logischen Schritt gehen würde: nämlich meinen Job zu kündigen.

Vor der Wanderung wäre das undenkbar für mich gewesen, aber nun schien es mir logisch und ganz natürlich zu sein, dieses Kapitel hinter mir zu lassen. Es fühlte sich an, als sei ich ein Stück weit darüber hinausgewachsen und müsste weiterziehen. Die Sicherheit, die die Arbeit in der Redaktion bei Lutz für mich bedeutete, war ein goldener Käfig. Meine Reise war mir von einer kleinen, alten Frau vorausgesagt worden, ich hatte mit Fröschen und Bäumen und dem Wind geredet. Nichts von dem, was ich erlebt hatte, würde ich in einer Reportage erzählen können, bei der ich mich an Vorgaben würde halten müssen. Würde ich das versuchen, würde ich all das verraten, was mir geschenkt wurde – mehr noch: Ich würde die Person verraten, die ich entdeckt hatte: *mich selbst.* Das durfte nicht passieren.

Mir war klar, dass es letztlich nicht um die Reportage ging, sie war nur der erste Zipfel, an dem sich das Neue zeigte, das, was nun für mich anstand. Ich stand gleichsam vor einer neuen Reise, einer von vielen weiteren, die folgen würden. Wohin diese Reisen mich bringen würden, was ich erleben würde und wozu sie alles führen würden? Ich hatte keine Ahnung. Ja, die eigentliche Reise ging erst los. Die Reise zu den Fragen meines Lebens war nur die Vorbereitung gewesen für die eigentliche Reise meines Lebens. Eine Reise, die ich nun selbst in die Hand nehmen und nicht länger anderen überlassen würde. Eine Reise, auf der ich immer weniger meine Vernunft entscheiden lassen würde, sondern immer öfter mein Gefühl. Ich würde mich mehr locken lassen auf Wege, die mich an Orte führen würden, von denen ich nie gehört hatte. Ich würde Menschen und Lebewesen treffen und vielfältige Erlebnisse würden meine weiteren Schritte lenken.

Ich hatte es mir auf eine trügerische Art viel zu gemütlich in einem Leben gemacht, das mir nicht entsprach, und ich war vermeintlichen Werten gefolgt, die viel weniger wertvoll waren als gedacht.

Wie heißt es immer so schön: Im Leben muss man Kompromisse machen, nicht wahr? Bis zu einem gewissen Grad stimmt das natürlich, aber Kompromisse dürfen nicht zum Hauptgerüst des Lebens werden, denn sie sind eine wacklige Angelegenheit. Ich glaube, dass wir Kompromisse immer auch in der Erwartung machen, dafür etwas als Gegenleistung zu bekommen, ob wir uns nun dessen bewusst sind oder nicht. Und dann bekommt unser Tun etwas Buchhalterisches. Wir beginnen aufzurechnen: Wie viel gebe ich und wie viel bekomme ich? Wenn ich das mache, muss ich dafür das kriegen … Und es bleibt das schale Gefühl, mehr geben zu müssen, als zu bekommen, was uns darin hindert, selbst frei und von Herzen geben zu können …

So selbstbestimmt ich wohl immer auf alle gewirkt hatte, so wenig fühlte es sich jetzt für mich an. Ich hatte mich selbst auf Gleise gesetzt, von denen ich dann nie wieder abgewichen war. Zweifel und Lust auf anderes hatte ich mir mit aller Härte verboten, denn sie waren die Saat für Veränderungen und wenn ich etwas nicht gewollt hatte, dann waren es Veränderungen gewesen. Warum keine Veränderungen? Natürlich aus Angst! Wie viele von uns fürchten Veränderungen und gehen sofort davon aus, dass sie eine Verschlechterung bringen. Es gibt Menschen, die Veränderungen begrüßen, weil sie immer erwarten, dass sich die Dinge verbessern. Zu denen gehörte ich nie. Mir ging es immer vor allem um eines: um Kontrolle. Ich wollte die Zügel in der Hand haben, damit ich immer die Richtung, das Tempo und vor allem das Ziel bestimmen konnte. Ich hatte nicht nur meinen Alltag, sondern im Grunde mein ganzes Leben durchgeplant und keinen Raum für das gelassen, was man Leben nennt.

Ich würde zuhören lernen müssen, hatte die Wahrsagerin zu mir gesagt und wie ein kleines Kind hatte ich innerlich bockig den Kopf geschüttelt. Vielleicht weil ich schon ahnte, was Zuhören bewirken kann. Ich wollte gar nicht viel hören, ich wusste doch schon genug. Dabei hatte ich im Grunde doch kaum etwas gewusst …

Auf meiner Wanderung hatte ich zugehört und ich hatte die Fragen, die mir geschenkt wurden, mitgenommen. Es würde nun darum gehen, loszulassen. Loszulassen, was ich zu brauchen glaubte, loszulassen, was ich mir vorgestellt hatte für mich und meine Zukunft, und auch das loszulassen, was mir bisher Halt gegeben hatte.

Es ging auch darum, bereit zu sein, Fehler zu machen und Umwege in Kauf zu nehmen. Ich würde mehr Raum für Zufälle und Leerlauf schaffen, um das Leben einzuladen, viel öfter meine Hand zu nehmen und mich zu führen. Wohin? Zu mir selbst. Es stand an, mich immer wieder neu zu finden und mich immer weniger zu verlieren. Und ich würde eines immer und immer besser lernen: dem Leben weiter zuzuhören.

Aber erst einmal musste ich trotz allem noch einen Auftrag ausführen, der nun statt der Reportage auf mich wartete: nämlich diese Geschichte zu erzählen. Aber genau so, wie diese Geschichte geschrieben werden wollte – auf meine Art und Weise.

Ich öffnete ein neues Dokument und begann zu schreiben.

Nachwort

Die Geschichte, die ich hier erzähle, ist zu einem guten Teil autobiografisch. Ich habe zwar bisher noch keine neuntägige Wanderung durch Bayern gemacht, die Hauptfigur ist auch kein Abbild von mir, sondern ausgedacht und in vielem ganz anders als ich, und viele andere Elemente der Rahmenhandlung sind der schriftstellerische Teil der Geschichte. Das Fundament bildet aber der autobiografische Teil meiner eigenen Erfahrungen und meines Weges.

Ich bin in meinem Leben immer und immer wieder auf Schlüsselfragen gestoßen, die mich wesentlich weitergebracht haben. Sehr viel weiter, als fertige Antworten, die ich in Büchern gelesen oder von anderen Menschen gesagt bekommen habe. Mein Eindruck ist, dass die meisten von uns vor allem nach Antworten suchen. Wir erhoffen uns, Antworten in Büchern zu finden, in Ratgebern, in Gesprächen, in Coaching- oder Therapiesitzungen, obwohl wir eigentlich überhaupt erst einmal die entscheidenden Fragen finden sollten. Dabei übersehen wir aber, dass es die Fragen sind, die uns wirklich voranbringen. Antworten greifen meist viel zu kurz, denn sie sind fast immer nur Momentaufnahmen und noch dazu kommen sie häufig von anderen Menschen.

Tatsächlich, so habe ich es zumindest für mich festgestellt, gibt uns das Leben ständig Antworten. Nur können wir diese oft nicht verstehen, weil wir gar nicht wissen, zu welcher Frage sie gehören. Wir hadern mit dem, was uns das Leben serviert, weil wir nicht begreifen, warum die Dinge so geschehen. Erst im Nachhinein wird uns dann manchmal klar, warum etwas so oder so kommen musste, in der Rückschau ergibt vieles einen Sinn.

Fragen sind für mich zu echten Türöffnern geworden. Sie laden zum Nachdenken ein, zum Hinfühlen. Wir können Fragen erstmal unbeantwortet lassen, wir können sie in Unterfragen aufteilen, wir können mit ihnen spielen und sie umformulieren. Fragen nageln nichts fest und stellen keine Behauptungen auf. Mit Fragen können wir auf eine andere Ebene kommen und alles von einem anderen Blickwinkel aus anschauen. Fragen sind auch Wegweiser in meinem Leben. Ich sehe sie als Orientierungspunkte vor allem dann, wenn ich nicht weiß, wie und wohin es weitergehen soll.

Je verwirrter ich bin, desto weniger versuche ich Antworten zu finden, sondern ich formuliere Fragen. Und diese Fragen lasse ich dann erstmal stehen. Manche beantworten sich recht schnell von selbst, andere nicht. Diese führen vielleicht zu anderen Fragen, die es erst einmal zu beantworten oder verstehen gilt, oder ich erkenne erst viel später, dass sich eine Antwort auf sie zeigt.

Nicht alle Fragen, die mir das Leben bisher stellte, verstand ich auf Anhieb, manche verstehe ich auch bis heute nicht. Nicht alle Fragen mochte ich hören und auf einigen werde ich noch lange herumkauen. Aber jede einzelne Frage, die sich mir gezeigt hat (und es sind noch deutlich mehr als in diesem Buch), hatte immer unmittelbar mit mir zu tun, mit dem, wo ich herkomme, und damit, wie mein weiterer Weg aussehen wird.

Und deshalb endet dieses Buch natürlich mit einer Frage:

Was sind die Fragen deines Lebens?

Der eigene Weg

Ein kleines Extra

Sich bewegen heißt den Standpunkt zu verändern und damit Neues möglich zu machen, neue Gedanken, neue Eindrücke, neue Erfahrungen, neue Wege. Elli Schmitts Wanderung begann mit einem Auftrag. Sie hat sich also das Losgehen zunächst nicht selbst ausgesucht, aber sie hat sich dennoch auf den Weg gemacht und konnte auf ihrer Wanderung Fragen finden, die ihr die Möglichkeit zu einer tiefen Auseinandersetzung mit sich selbst geben.

Am Ende einer solch inspirierenden Geschichte fühlt man sich als Leser/-in oft hoch motiviert, auch das eigene Leben bewusster anzugehen und aktiver zu gestalten, weiß aber vielleicht noch nicht, wie. Denn viele von uns finden sich in einem Leben wieder, in dem nur noch wenig oder sogar gar kein Bewegungsspielraum mehr besteht. Wir haben alles so gut geplant, so gut organisiert, so festgezurrt, dass selbst kleine Schritte aus dem gewohnten Gefüge heraus, undenkbar erscheinen, weil sie alles ins Wanken bringen könnten und deshalb bedrohlich wirken. Und dann stellt man so ein Buch mit leisem Bedauern ins Regal und verdrängt, was es vielleicht an Sehnsüchten oder Bedürfnissen in einem auslöste.

Für alle, die gerne weitergehen oder eben vielleicht überhaupt erst einmal losgehen wollen, habe ich deshalb hier noch ein kleines Extra, das eine Brücke schlagen kann von dem modernen Märchen, das Sie gerade gelesen haben, hinein in Ihr tatsächliches Leben. Dieses Extra besteht in einer echten Schlüsselfrage. Mit dieser Frage können wir den Ausgangspunkt finden, von dem wir gerade auf das Leben schauen und von dem wir uns aufmachen können, um unseren ganz eigenen Weg auf der Wanderung durchs Leben zu finden – und das immer wieder neu, im Kleinen wie im Großen. Diese Frage lautet:

Wo bin ich?

Auf wessen Weg bin ich eigentlich unterwegs?

In vielen Selbsthilfebüchern und Erfolgsprogrammen lernen wir folgendes Prinzip: Wir sollen zunächst herausfinden, was wir wollen, damit wir dann entsprechende Ziele formulieren können. Um diese Ziele zu erreichen, machen wir dann Pläne, die wir Schritt für Schritt abarbeiten. Und am Ende lockt ein glückliches und zufriedenes Leben. Wer träumt nicht davon?

Auch für mich klang dieser Ansatz überzeugend und ich habe brav Ziele formuliert und umgesetzt. Dabei habe ich, wie so viele, nur etwas ganz Wesentliches übersehen: nämlich, dass ich gar nicht bei mir war.

In all den Jahren, in denen ich mich auf erstrebenswerte Ziele ausrichtete und alles daran setzte, das zu erreichen, was ich mir vorgenommen hatte, bin ich, ohne es wirklich zu merken, immer weiter von mir selbst davon gelaufen, so dass ich mich irgendwann selbst kaum noch spüren konnte. Ich hatte lauter Bilder im Kopf von etwas, das ich zu wollen glaubte, und viele meiner gesetzten Ziele erreichte ich tatsächlich, mal mit mehr, mal mit weniger Aufwand. Ich baute mir konsequent ein Leben auf, das von außen betrachtet, nicht besser hätte laufen können und war ein regelrechtes Vorbild in Sachen Selbstmanagement, ein perfektes Beispiel dafür, wie man sein Leben aktiv gestalten kann.

Aber es fühlte sich trotzdem immer falsch an. Ich konnte nicht sagen, was mir fehlte oder was ich brauchte und oft nicht einmal, was ich nicht wollte und was nicht gut für mich war. Je öfter sich Zweifel in mir meldeten, desto konzentrierter und disziplinierter richtete ich mich auf Ziele aus, die mir gut und richtig und allgemein erstrebenswert erschienen. Leider waren das aber die Ziele anderer, nicht meine eigenen.

Durch die kleine, aber entscheidende Tatsache, dass ich immer mehr Ziele gleichsam ohne mich selbst formulierte, also ohne zu wissen und zu beachten, was mich wirklich ausmacht (denn davon hatte ich mich ja erfolgreich abgetrennt), befriedigte mich das Erreichen dieser Ziele nicht. Ich konnte meine Erfolge kaum spüren, sie machten mich nie zufrieden. Also erhöhte ich die Messlatte und verstärkte meine Anstrengungen, aber mehr vom Gleichen hilft selten etwas …

Ich konnte meinen Kurs erst korrigieren, als ich zu erkennen begann, wer ich wirklich bin. Wie viele andere Menschen tat auch ich das nicht aus freien Stücken, sondern aus der schlichten Lebensnotwendigkeit in schweren Zeiten heraus. Ich weiß nicht, ob es mir möglich gewesen wäre, zu mir zu finden, wenn ich nicht in diese Krise gekommen wäre. Sie ermöglichte es mir, meinen eigenen Weg zu finden, von dem ich so sehr abgekommen war.

Sich selbst spüren

Wenn wir nicht bei uns sind, folgen wir oft lieber Anleitungen und Programmen anderer, die uns zeigen, wie wir herausfinden, was wir wollen, statt uns erst einmal auf die Suche nach uns selbst zu machen. Das aber kann nicht funktionieren.

Es mag banal klingen, aber um den eigenen Weg zu finden, brauchen wir erst einmal uns selbst. Scheuen wir uns davor, uns wirklich mit unserem ureigensten Ich zu befassen, sind wir anfällig für alle möglichen Angebote, die uns so etwas Diffuses wie *Glück, Erfolg und Zufriedenheit* versprechen. Doch, egal wie viel wir kaufen, buchen, schaffen und schuften, wir bekommen nichts davon, wenn wir nicht wissen, was uns ganz persönlich glücklich macht, wie wir ganz persönlich Erfolg definieren und was wir ganz persönlich wirklich brauchen, um Zufriedenheit zu empfinden. Wir erfüllen dann entweder die Ziele anderer oder vorgefertigte Allerwelts-Ziele, die nur verlockend klingen, bis wir sie wirklich auf ihren Inhalt prüfen und uns den Preis klar machen, den wir für sie bezahlen müssen.

Sich mit sich selbst zu befassen bringt uns an unsere Bedürftigkeit und das ist ein Thema, das für die meisten von uns sehr schwierig ist. Bedürftig zu sein ist für viele gleichbedeutend mit Schwäche und wer will schon schwach sein? Unsere Bedürftigkeit macht uns außerdem verletzlich. Aber es ist diese Verletzlichkeit, von der ich für mich erkannt habe, dass ich es wagen muss, sie zu spüren und zu leben. Denn da, wo wir verletzlich sind, steckt unser wahres Ich, da zeigen sich unsere echten Bedürfnisse, die, wenn wir sie befriedigen und leben können, auch echte Erfüllung bedeuten.

Eine wichtigsten Fragen überhaupt

Um zu wissen, was ich brauche, was mir wichtig ist, was mich nährt und befriedigt, muss ich mir selbst nahe sein. Ich brauche Kontakt zu mir. Ich muss mich spüren. Deshalb ist für mich die Frage *Wo bin ich gerade?* eine der wichtigsten überhaupt.

Tatsächlich begleitet mich diese Frage inzwischen täglich. Ich stelle sie mir beim Aufstehen und auch tagsüber, wenn ich meinen Alltag bewältige und abends, wenn ich mich zum Schlafen ins Bett lege. Es ist eine Frage, die mir wie keine andere ermöglicht, mich selbst zu spüren. Sie mir zu stellen, ist als würde ich immer wieder auf einen Kompass schauen, um sicherzustellen, dass die Nadel tatsächlich auf meinen eigenen Weg zeigt und nicht auf den anderer. Die Frage *Wo bin ich?* kann dabei verschiedene Spielarten haben, wie zum Beispiel diese:

Bin ich gerade hier?
Bin ich bei mir?
Kann ich mich spüren, hier und jetzt?
Wie fühle ich mich jetzt in diesem Moment?
Was fehlt mir gerade?
Was brauche ich?
Was wünsche ich mir?
Bin ich bereit, für mich da zu sein?
Was kann ich für mich tun?
Was kann ich gerade geben und was nicht?

Diese Fragen bringen mich so viel weiter als all die schönen Jahres- und Fünf-Jahres-Zielpläne, die ich in meinem Leben schon ausgearbeitet habe, denn sie bringen mich immer wieder zurück zu mir. Die Antworten auf diese Fragen sind vielleicht oft unspektakulär, aber sie sind essentiell für mein Wohlbefinden und für mein Sein und auch für meine Orientierung. Sie ermöglichen mir Bewegung, weil ich ein Gefühl dafür bekomme, von wo aus ich überhaupt starte, wenn ich den nächsten Schritt machen will.

Um uns auf eine Wanderung zu begeben, brauchen wir immer einen Startpunkt. Und den möglichst bewusst zu spüren, versetzt uns überhaupt erst in die Lage, wirklich unseren eigenen Weg zu gehen und nicht nur Hinweisschildern anderer zu folgen. Wir brauchen viel weniger einen Plan oder ein Ziel, wir brauchen vor allem uns selbst. Dann können wir mutig unsere vier Wände verlassen – real und symbolisch – und uns auf unseren ganz eigenen Weg machen, um zu erfahren, was das Leben noch alles für uns bereithält.

Und zum Abschluss wünsche Ihnen, dass Sie immer wieder die jeweils für Sie richtigen Fragen in Ihrem Leben finden, also die Fragen, die Sie ganz persönlich weiterbringen.

Ihre Tania Konnerth

Über die Autorin

Einigen von Ihnen dürfte ich vielleicht schon von meinen Büchern und Blogs bekannt sein, denn ich arbeite seit 1998 als Autorin und Unternehmerin. Ich habe bisher zwanzig Bücher und diverse Selbstlernkurse und Artikel veröffentlicht. Ich bin Mitbegründerin des Onlineratgebers *Zeit zu leben* (bis 2011 war ich dabei), betreibe die Seite *Mein achtsames Ich* und zusammen mit meiner besten Freundin das Portal *Wege zum Pferd.*

An dieser kleinen Aufzählung wird schon deutlich, was mich vielleicht am meisten ausmacht: Die Vielfalt meiner Interessen. Ich bin Hochsensible, Lernende, Kreative, Staunende, Naturliebende, Schreibende, Fotografierende, Pferdeverrückte, Reisende, Entdeckerin, Träumerin und damit das, was man einen „Scanner" nennt, also ein Mensch, der sich für ganz vieles begeistern kann und deshalb durchaus auf verschiedenen Hochzeiten tanzt. Ich habe das immer als Gewinn empfunden, auch wenn es manchmal etwas anstrengend ist.

Die wunderliche Wanderung der Elli Schmitt ist ein weiteres Zeugnis meiner Liebe zur Vielfalt: Als etablierte Sachbuchautorin wage ich mit diesem Buch nochmal einen Neustart, denn ich möchte nun das tun, was immer mein Traum war: Menschen mit Geschichten erreichen und begeistern. Ich freue mich sehr, dass der *Auerbach Verlag* dieses Projekt mit mir realisiert.

Ich bin dann am glücklichsten, wenn ich Schönes erschaffen kann und anderen damit Freude mache, sie bereichern und inspirieren kann.

Ich liebe es, Menschen zu berühren und selbst berührt zu werden und deshalb ist natürlich jedes persönliche Feedback etwas ganz Schönes für mich. Tiefe Glücksmomente sind für mich solche, in denen ich spüre, wie nah wir Menschen uns kommen können, im Gespräch, im Austausch und auch in der Begeisterung für etwas.

Ursprünglich komme ich aus Berlin, wo ich aufgewachsen bin und studiert habe. Inzwischen lebe ich nach etlichen Umzügen im charmanten Lüneburg. Wohin mich mein Weg in den nächsten Jahren führen wird, ist noch offen – die Welt ist groß, kunterbunt und wunderschön.

Nun sind Sie gefragt!

Wenn man wie ich Bücher schreibt, dann ist man zwar meist sehr für sich, aber ich fühle mich dabei nie allein, denn ich schreibe ja für Sie als meine Leser und Leserinnen. Sie sind für mich immer irgendwie dabei. Und ich freue mich immer sehr, wenn der eine oder die andere nach dem Lesen tatsächlich Kontakt mit mir aufnimmt. So würde ich zum Beispiel gerne wissen:

– welche Wanderungen Sie schon in Ihrem Leben gemacht haben?
– was Sie dort erlebt haben und wem sind Sie begegnet sind?
– welche Erkenntnisse Sie auf Ihren Wegen gewonnen haben?
– und was die Fragen Ihres Lebens sind?

Schreiben Sie mir gerne Ihre Antworten oder auch einfach nur ein Feedback, ich freue mich darauf! Sie können mich auf vielfältige Weise erreichen: Am einfachsten und schnellsten geht es per Email an **tk@taniakonnerth.de**. Auf meiner Webseite **www.taniakonnerth.de** finden Sie mehr Infos über mich und können meinen Newsletter abonnieren. Sie finden mich auch bei Facebook und Instagram. Und Sie können mir auch gerne per Post schreiben an:

Tania Konnerth
Im Wendischen Dorfe 22
21335 Lüneburg